Stefano Benni

Baol
oder
Die magischen Abenteuer einer fieberhaften Samstagnacht

Stefano Benni

BAOL

oder
Die magischen Abenteuer
einer fieberhaften
Samstagnacht

Aus dem Italienischen von
Jochen Koch

Piper
München Zürich

Die Originalausgabe erschien 1990 unter dem Titel »Baol. Una tranquilla notte di regime« bei Giangiacomo Feltrinelli, Mailand.

ISBN 3-492-03197-8

Gesetzt aus der Bembo-Antiqua
Gesamtherstellung: Kösel, Kempten
Printed in Germany

Prolog

Traurig ist der Mensch
der die Dinge erst liebt,
wenn sie sich entfernen.

Baolian, Buch der Baolgedanken, I, vv. 1240–1242)

Wenn die Zeiten dir nicht dein Bestes abverlangen,
erfinde andere Zeiten.

(Baolian, zweites Buch, vv. 16–17)

Das heutige Thema heißt:

»Ich habe von meinem Geburtshaus geträumt und bin in dem Haus aufgewacht, in dem ich geboren wurde.«

Oder auch:

»Edgar Allan Poe war ein großer Schriftsteller, zeichnete sich aber auch im Hürdenlauf aus. Welche Bedeutung hat die Leibeserziehung für einen guten Baolzauberer?«

Oder auch:

> »Macht aus eurem Notizpapier ein Schnittmuster für ein Hemd aus Oxfordstoff (zwei auf zwei Meter) und schenkt es eurem Lehrer.«

Das Diktat war beendet, der Meister lehnte sich in seinen Stuhl zurück. Die Schüler und Schülerinnen des Kurses für Baolmagie seufzten und gönnten sich zunächst eine Denkpause, bevor sie mit dem Aufsatz begannen. Einige kauten an ihren Stiften, andere an ihren Fingernägeln. Wieder andere verschlangen augenblicklich ihren ganzen Besitz an Pausenbrot, der ihnen eine angenehme Pause beschert hätte. Nur die Feder des Klassenbesten kratzte unerbittlich.

Es war Frühling und der Garten des Tempels blühte. Durch das Fenster flogen Blütenpollen herein und stimmten bei den Empfindlicheren ein Niesen an. Die Vöglein sangen »Siboney«. Die Sonne wärmte die Erde. An einem Tag wie diesem war es nicht einfach, festgenagelt auf einer Schulbank zu sitzen, auch wenn es in einer so angesehenen Schule wie der des Baoltempels war. Daher betrachtete der Schüler Bed, während alle anderen zu schreiben anfingen, durch das Fenster einen blühenden Kirschbaum. ›Es wäre schön, auf einem dieser Äste zu sitzen‹, dachte er, und da er schon im dritten Studienjahr war, fand er sich zusammen mit dem Meister auf einem Ast wieder.

»Ich habe nicht den Eindruck, daß Sie um Erlaubnis gefragt haben, Schüler Bed«, sagte der Meister.

»Ich bitte um Entschuldigung«, errötete Bed zwischen den weißen Blüten, »aber es ist ein so schöner Tag...«

»Ja, nicht schlecht«, sagte der Meister und führte einige pedantisch präzise Drehungen um den Ast aus. »Der Aufsatz hat Zeit. Schon seit einiger Zeit sehe ich dich so zerstreut, Schüler Bed. Was ist los? Machst du dir Sorgen um die Zukunft der Seehunde? Hast du dich in die Schülerin O'Connor verliebt? Das kann ich verstehen. Auch ich bin ganz verrückt nach ihr. Willst du das Studienfach wechseln? Denkst du, daß die Erde im Begriff ist, tiefgefroren oder fritiert zu enden?«

»Nichts von alledem«, antwortete Bed. »Um die Wahrheit zu sagen, geht mir nicht aus dem Kopf, was Sie vor ein paar Tagen gesagt haben: ›Merkt euch, daß das Leben eines jeden Baols ein Geheimnis birgt, und ihr werdet es erst erfahren, wenn ihr alt seid.‹«

»Ja, genau das habe ich gesagt.«

»Dieses Geheimnis beunruhigt mich, Meister. Kann es mir nicht schon eröffnet werden, bevor ich alt bin?«

»Nein. Aber wenn du willst, kann ich dich auf der Stelle alt werden lassen.«

»O nein, Meister!«

»Also lauf und schreib deinen Aufsatz«, sagte der Meister und stieg auf die höheren Äste, um sich mit Kirschen vollzustopfen (Kirschen im April sind ein typischer Baolzauber).

Einige Jahre später erhielt der junge Bed sein Baoldiplom mit einem Durchschnitt von 0,8 und verließ die Schule mit vielen Erinnerungen und einem Klassenfoto (Bed ist der dritte von rechts, der Meister der erste von links in der unteren Reihe).

Als er den Tempel verließ, in dem er so viel gelernt und so viele Jahre seines jungen Lebens verbracht hatte, fühlte er sich alt.

»Meister«, schrie er in den Wind, »ist es an der Zeit, daß ich mein Geheimnis kennenlerne?«

»Nein! Flitz los und amüsier dich!« antwortete eine entfernte Stimme.

Der Junge wartete einen Augenblick mit geschlossenen Augen. Dann stieg er in den Autobus, der ihn in wenigen Minuten in die Stadt brachte, einem neuen Leben entgegen.

Erstes Kapitel

In dem sich ein seltsamer Typ in der Stadt herumtreibt, ganz und gar unzufrieden mit den Zeiten, in denen er zu leben hat

Und an den Seiten des Menschenstroms, der sich unter dem Säulengang fortbewegte, befanden sich Dutzende und Aberdutzende von Händlern und Bettlern. Die letzteren, zusammengekauert in schmerzvoller Gebärde, mit krummen Beinen und schiefen Rükken, Schlaf vortäuschend, Hunde und Kinder umarmend, hatten Schilder vor sich aufgestellt mit der Aufschrift: ausgehungert, Kriegsveteran, blind, Flüchtling, Arbeitsloser, seit drei Tagen ohne Essen, Schwerkranker, Taubstummer. Und inmitten dieses Menschenstroms sah ich einen Mann mit grauem Gabardinemantel und Filzhut in vornehmer Haltung einherschreiten. In verächtlicher Weise mied er die Bettler. Er ging strikt nach vorne schauend und trug ein Schild um den Hals mit der Aufschrift:

Von Geburt an gefühllos

(HESKI BAODING, *Baolerzählungen*)

In diesen Zeiten ist es so schwer, sich ein wenig zu amüsieren...

(TIM CURRY, *Rocky-Horror-Picture-Show*)

I.

In der Stadt T., den 16. Juni 1991

Es ist eine ruhige Nacht im Regime. Alle Kriege sind weit entfernt. Heute gab es nur sieben Morde, drei durch error in persona. Die Luftverschmutzung liegt innerhalb der Grenzwerte. Schwefeldioxid gibt es für alle. Glück hingegen nicht. Ein jeder nimmt es dem anderen weg. Das sagt zumindest ein Pfaffe an der Straßenecke, einer dieser sanftmütigen Typen, die sich dann zusammen mit zweihundert Jüngern umbringen. Davon gibt es eine Menge in der Stadt. Angefangen bei den Verfechtern der Rechte der Brieftauben bis hin zur Liga Artica. Wir leben eben in einer Demokratie.

Auf dem Bürgersteig stolpert man ab und zu über

einen, der die Hände auf den Rücken gebunden hat. Vielleicht hat ihn die Polizei letzte Nacht vergessen. Ich schaute nach oben, über die Leuchtreklame hinaus und sah, schräg über einem Wolkenkratzer, den Mond. Ich sagte zu ihm: »Was macht ein Junge wie du an einem Ort wie diesem?«

Dann blieb ich an der Ecke zwischen Dulcea und Taganrog im gastronomischen Viertel stehen. Hier kamen alle möglichen Leute vorbei. Ein Grabschänder bot mir zwei Jacken an, die er kurz zuvor erst den Leichen abgenommen hatte, garantiert desinfiziert. Ich schenkte ihm keine Aufmerksamkeit, da ich mit einer interessanten Erscheinung beschäftigt war.

Vor einem Restaurant an der Dulcea hängt eine Sechstausend-Volt-Akkumulatorplatte zur Insektenvernichtung. Jede Mücke oder jeder Falter, der dagegen fliegt, verendet durch einen Elektroschock. Ich habe das Gefühl, daß mittlerweile kein Tod mehr Lärm erzeugt als dieser. Millionen von Mücken, ein Blitz und Amen. Wenn du das Glück hast, als Falter auf die Welt zu kommen, nimmt vielleicht jemand die letzten drei Sekunden wahr, in denen du stirbst.

Bei so tiefgründigen Überlegungen bekomme ich immer Hunger. Deshalb beschloß ich, in dieses Restaurant zu gehen. Ein Luxusrestaurant, eins von denen, wo man Hummer mit Streicherklängen im Hintergrund auslutscht, wenn Sie wissen, was ich meine, alles in Marmor, rotem Samt, mit Spiegeln und kleinen Kerzen. Es sah aus wie die Garçonnière einer arabischen Yacht.

Der Maître begutachtete mich mit maîtresker Mißachtung. Ich tat so, als wüßte ich von nichts.

»Was für Fisch haben Sie?« fragte ich.

»Welchen Sie möchten«, war die kühle Antwort.

»Gut, dann bringen Sie mir eine gemischte Platte mit Mullidae, Scombermoridus, Hummer, Meeresspinnen, Saugseebarben, Valenciennespitzen, Caranx, Miesmuscheln, Chromischromis, Enterhaken, Operginen, roten Furchenkrebsen, Schlappschwänzen, Fenstereiern, Spiegelreiern, Numphea Lotus, Suren, Nullen, Schrullen, Teleostimi, Boops salpa, Koteletten, Coris Julis, Nigricepi, Kabeljau, großen Brillen, Lästermäulchen, Katzenrost, Zwitterbarschen, Steinfressern, Felssaugern, alexandrinischen Zachenbarschen, Seeteufelpansen, Elefanten-Palinuriden sowie riesengroßen ausgestorbenen Uraustern.«

Sie haben mich rausgeschmissen. In diesen Zeiten ist schwer scherzen, wenn man nicht Millionär ist. Macht nichts. Nach meiner Weltanschauung ist das Wichtigste, sich zu amüsieren. Sie müssen wissen, ich bin ein Baolzauberer.

2.

Wenn ich mit den Nerven ganz unten bin, gehe ich in eine Bar namens Apocalypso. Es ist eine polysemantisch transdiversal interklassale Bar: Bis Mitternacht gehen die hin, die später noch woanders hingehen. Nach Mitternacht kommen die, die kein Woanders zum Hingehen haben. Und um vier schließlich jene, die nicht einmal mehr wissen, wo sie überhaupt sind.

Der Barmann heißt Galles, weil er schon so viele Flaschen ins Gesicht bekommen hat, daß es nur noch aus Quadraten und Rauten besteht. Man könnte ihn als Dartscheibe benutzen (manchmal passiert es sogar). Seine Spezialität sind Cocktails: Er wirft die übelsten

Liköre zusammen und mischt daraus eine optimale Ladung. Seine legendären Cocktails sind: Einwohnermeldeamt, Repressalie und Gibmirnochei.

Einwohnermeldeamt heißt so, weil man spätestens nach dem zweiten dorthin muß, um nachzufragen, wer man eigentlich ist. Repressalie sind zwanzig Teile italienischer Grappa auf einen Teil deutschen Grappa. Und schließlich Gibmirnochei. Einfach phantastisch. Nach dem ersten packt einen immer das Verlangen nach Zugabe. Also sagt man: »Gib mir noch ei ...« Niemand hat den Satz je beendet, sie sind alle vorher zusammengebrochen.

Als ich ankomme, treffe ich auf eine fröhliche Abordnung von Parteibönzchen mit ihren Miezen, die gleich zu irgendeiner *première* gehen.

Die Parteibönzchen haben Clarks an den Füßen, rauchen dünne Zigarillos und haben Jacken mit anabolikageschwollenen Schultern. Die Miezen tragen Hosen vom Typ Jaguarlaßallessehn und Tigerchenohkraulemich, enge Hosen, und zwar so eng, daß man beim Setzen ein Alarmsignal erwartet. Sie stehen da und lachen in Pose, wie für einen Champagner-Werbespot. Die Parteibönzchen sprechen über die Tagesthemen, die gerade zu Ende gehen. Die Miezen tuscheln über die neuen, von Jean Paul Charrier gestylten Polizeiuniformen, Baskenmütze im Rapperstil und kleines MG, moosfarben, sehr sexy.

Von der Straße hört man Hupduelle und Polizeisirenen, das Mitternachtsorchester stimmt seine Instrumente. Die Stimme eines Verrückten Pfaffen schreit Weltuntergangsdrohungen. Warum bin ich heute nacht hier, allein und traurig, zehn Jahre vor dem Jahr zweitausend? Weil ich Soldat bin. Und hinter jedem Soldaten steckt eine Frau.

3.

Ich war immer Zauberer. Mein Lehrer war der große Fernando Biudek, der das unsichtbare Perlonseil perfektionierte und Spezialist im Verschwindenlassen war.

Biudek war Schüler bei Alois Kassner, der den »Blumengarten« und den Elefantentrick erfunden hat.

Kassner lernte bei dem taubstummen Zauberer Okito, dem Erfinder der schwebenden Kugel.

Vor Okito gab es Howard Thuston, der den indischen Seiltrick erfand. Und vor ihm Houdini, den Entfesslungskönig. Und den berühmten Kanalag, der das Wort »Sim-Sala-Bim« erfunden hat. Und Harry Kellar, der den Schwebetrick erfunden hat.

Vor ihm war Samuel Bellachini, Taschenspieler am Hofe Kaiser Wilhelms I.

Und auch ein gewisser Herr Wolfgang Goethe, Taschenspieler mit dem Hobby des Schreibens, äußerst gewandt bei dem Trick mit der Zauberbox. Goethe lernte bei Johann Nepomuk Hofzinser, dem König des Kartenschwindels, sowie bei Ludwig Doebbler, der den Blumenstraußtrick erfand.

Und noch früher gab es Jean Joseph Pinetti, der sich »Professeur de Physique Amusante« nannte, und alle lernten vom indischen Fakir Hezbah, der seinerseits bei Buddha gelernt hat, der wiederum beim ersten Zauberer Soropatz'ie Pee Wei in die Lehre gegangen war, welcher ein Baolzauberer war.

Ich kann Ihnen nicht enthüllen, wer meine Lehrer der Baolmagie waren, denn es ist eine geheime Magie. Ich kann Ihnen aber sagen, daß ich in der Kunst des Hellsehens ziemlich bewandert bin, nicht ganz so gut in der Levitation. Ich beherrsche ungewöhnliche Spiele mit Karten, verstehe es, aus einer Wanne (einer verschlossenen, versteht sich) zu entkommen und kann aus einem Hut Blumen, Stoffkaninchen und Halstücher von Dior zaubern.

Ich verstehe es, Uhren verschwinden zu lassen (gerade eben habe ich mir eine geklaut, um die Rechnung bezahlen zu können). Aber die Nummer, die mir vor Jahren eine gewisse Berühmtheit einbrachte, war diese: Ich ließ eine große fette Gans verschwinden. Ich setzte sie unter ein dunkles Tuch und sie verschwand. Niemand verstand, wie ich es machte. Ich sage Ihnen die Wahrheit: Ich auch nicht. Es war die Gans, die verschwand. In den fünfzehn Jahren mit dieser Nummer habe ich nie verstanden, wo sie hinging, die arme Colette. So hieß sie. Sie verschwand, und ich fand sie im Hotelzimmer wieder, wo sie ihren gekochten Maiskolben fraß. Sie war ein Geschenk von meinem Meister, dem schon erwähnten Fernando Biudek, jener, der in einem Pariser Lokal mit einer Frau aus dem Publikum, mit der er in einem Schrankkoffer eingeschlossen war, verschwand. Der Ehemann sucht sie noch heute.

Entschuldigen Sie, wenn ich so vertraulich werde, jetzt, wo die Parteibönzchen gegangen sind und der Fernet mir das Revival erträglich macht. Colette war eine echte Freundin. Sie starb an Leberzirrhose (für eine Gans nicht übel!). Sie trank viel, manchmal zwanzig Kognak am Abend. Wenn sie nicht trank, konnte sie nicht arbeiten. Sie wurde immer gelber und kahler, hielt den Hals nicht mehr hoch und taumelte auf die Bühne. Ich konnte ihr keine Vorwürfe machen. Sie war eine alte verwitwete Gans, ihr Mann wurde von einer Schrotflinte erlegt, als er nach Spanien emigrierte. Eines Nachts merkte ich, daß sie Alpträume hatte (sie gab seltsame Geräusche von sich, wie vier diachronische Waschbecken). Sie verließ ihren Korb, und ich verstand, daß sie gehen wollte. Sie stieg auf das Fensterbrett, warf mir einen Abschiedsblick zu, öffnete die Flügel und zerschmetterte in zehn Meter Tiefe. Sie war eben ein bißchen aus dem Flugtraining. Ich begrub sie mit schön ausgestrecktem Hals in einem Gitarrenkasten.

Ruhe in Frieden, wo immer du bist.

Danach kamen schlechte Zeiten. Ich arbeitete in

einem kleinen Zirkus. Ein Elefant, ein bißchen Raubkatzengemisch und drei Attraktionen: Ich, ein chinesischer Jongleur und ein falscher Löwe. Der chinesische Jongleur konnte mit hundert Tellern in der Luft jonglieren, doch da er sehr arm war, hatte er nur drei und machte die Nummer mit diesen. Im Inneren des Löwen steckten zwei ungarische Brüder, die Pasztors, die nie aus ihrem Fell herauskamen. Eines Nachts ging ich in ihren Wohnwagen, um nach einem Aspirin zu fragen, und entdeckte, daß es nicht zwei ungarische Brüder waren, sondern ein arbeitsloser echter Löwe, der sich, um Arbeit zu finden, als falscher Löwe ausgab (verstehen Sie, was für Zeiten?).

Nach dem Zirkus bin ich für ein paar Jahre auf Tour durch die Nachtlokale zurückgegangen. Aber die Atmosphäre hat sich verändert, und die Nachtlokale sind voll mit neuen Leuten. Die echten Gauner von früher gibt es nicht mehr. Die von heute sind gefährliche Staatsdiener. Du siehst sie Kokain nehmen, und am nächsten Tag sprechen sie sich im Fernsehen gegen Drogen aus. Du siehst sie Mafiosi umarmen, und am nächsten Tag sind sie auf den Beerdigungen von Mafiaopfern. Sie rufen die Kellner »he, Chef« und die Frauen »he, Schönheit« und zum Klavierspieler sagen sie »was iss'n das für'n Geklimper?«. Das ist zuviel, auch für einen Zauberer. Zauberer sind keine Moralisten, doch sie wissen, wo der Schwindel steckt.

An dem Abend, an dem ich beschloß aufzuhören, arbeitete ich in einem Lokal namens My Way, wissen Sie, das Stück von Sid Vicious. Der Pianist des My Way ist Jamaikaner und heißt Ozzie. Er ist der einzige schlafwandelnde Pianist, den ich kenne. Seit vierzig Jahren arbeitet er nachts, hat aber nie seinen Biorhythmus umgestellt. Morgens steht er um sieben auf und nachts, wenn er arbeiten muß, stirbt er vor Müdigkeit. Nach dem ersten Stück schläft er ein und spielt in Trance. Es reicht, wenn ihm jemand den Titel eines Stücks ins Ohr raunt, und er spielt weiter. Er ist wie eine Jukebox. Eines Abends, als niemand die Platte wechselte, spielte er sechzigmal hintereinander »Arrivederci Roma«, sehr zur Freude einer Gruppe von Japanern, alle anderen Gäste sind gegangen. Auch an jenem Abend (meinem letzten) spielte Ozzie wieder sehr gut, aber er schnarchte. Einer Bande von Baulöwen mit Silikon-Gefolgschaft gefiel das nicht. Einer von ihnen, drei Stockwerke hoch, ging zu Ozzie und zischte ihm ins Ohr »Wach auf, du Arsch!«.

Ozzie bekam eine Krise, da er kein Stück mit diesem Titel kannte, und fing an, die C-Dur-Tonleiter in freiem Fall zu spielen. Der Baulöwe weckte ihn mit dem Schlag einer Seltersflasche. Daraufhin packte ich den Baulöwen und steckte ihn in den Klavierkasten. Nur sein Kopf schaute heraus, etwas gelblich, und er sah wie eine Miesmuschel aus. Es kam zu einer Schlägerei, bei der nicht einmal die Cocktailoliven ganz blieben. Ich zahlte meinen Anteil und ging.

Ich weiß, was Sie denken: Wie habe ich das gemacht, wo er doch so groß war? Ganz einfach: Ich bin Zauberer. Zerreißen Sie mir nicht den Geduldsfaden.

4.

Wir fangen an, uns kennenzulernen, oder? Mir macht es Spaß, mich mit Ihnen zu unterhalten, auch wenn es ein bißchen komisch ist; ich hier unten und Sie dort oben. Ich sehe Ihr Gesicht und Ihre Augen, die sich von links nach rechts (von rechts nach links, wenn Sie Araber sind) bewegen und vielleicht denken Sie: Was ist diese Baolmagie eigentlich?

Man kann Baol nicht erklären und man kann vor allem nicht erklären, weil man nicht erklären kann. Aber ich will Ihnen mit einem Beispiel entgegenkommen. Es gibt Leute, die sterben, ohne Walzer tanzen zu können. Zwei Stunden im Leben würden reichen und ein Freund, der tanzen kann. Aber nichts dergleichen! Sie bleiben am Rand der Tanzfläche, würden ja gerne, doch wenn sie jemand auffordert, sagen sie nein, danke, ich bin müde. Sie sterben, ohne Walzer tanzen zu können (und Gott weiß, wie sehr es ihnen gefallen hätte). Sterben, ohne Walzer gelernt zu haben (oder auch Mambo, Salti mortali, Harfe, Tiptologie und andere topschicke Sachen), ist nicht Baol. Wir werden noch Gelegenheit haben, davon zu sprechen.

Kehren wir zur Apocalypso-Bar zurück. Es ist ein warmer Ort, sauber und gut beleuchtet. Ich sitze rittlings auf einem Stuhl wie eine Stripteaseuse und kontrolliere den Eingang für den Fall, daß die Frau meines Lebens oder des Lebens eines anderen, was auch in Ordnung wäre, hereinkommt. Mögen Sie Erinnerungen? Ich ja. Ich werde Ihnen alles von Anfang an erzählen. Sie hieß Alice, Alice Auck und …

»Entschuldige, junger Mann …«

Ich drehe mich um. Eine Alte, die so aussieht, als bestünde sie aus den Überbleibseln, die beim Liften eines ganzen Reisebusses voll alter Amerikanerinnen entstehen, mit einer phosphoreszierenden Perücke, in der die Flöhe, wenn sie welche hat, mindestens so angezogen sind wie Prince. Vier smaragdene Asteroiden an den Fingern, die bei jeder Bewegung den Effekt einer Lichtanlage haben. Lippenstift in der Farbe von Schneewittchens Apfel. Und einen Minirock hat sie an!

»Hast du ein bißchen Zeit«, sagte sie zu mir und rückt näher.

»Ich rede gerade mit Freunden«, sage ich.

»Hallo«, sagt sie und grüßt Sie mit einem Augenzwinkern. Dann klettert sie, seltsam knisternd, auf einen Barhocker und flüstert: »Erinnere ich dich an nichts?«

»Ja«, sage ich, »an eine Baustelle.«

»Witzbold«, sagt sie, »ich möchte dich sehen mit siebzig.«

Nicht schlecht, die Alte. Sie schüttet sich einen Bacardi rein und noch einen und noch einen und schickt Erdnüsse hinterher, um sie obendrauf schwimmen zu lassen.

»Du erinnerst dich wirklich nicht an mich?«

Ich konzentriere mich. Es kommt mir vor, als hörte ich das Band meines Lebens zurückspulen. Doch es ist nur das Pfeifen der Espressomaschine. Wer bist du, mysteriöse Oma?

»Ich bin Mara May.«

»Mara May!« rufe ich.

»Mara May«, ruft Galles.

Mara May, die Königin des Stummfilmpornos, die erste, die einzige! Wie könnte ich mich nicht an sie erinnern?

»Ich habe alle Ihre Filme gesehen, als ich acht Jahre alt war«, sage ich gerührt, »ich erinnere mich noch an ›Feuchte Schienen‹. Und an die Szene mit der Mayonnaise in ›Der Prinz von Homburg‹. Und an die Orgie unter dem Tisch in ›Heiße Zwergpudel‹.«

»Ich war ein großes, schönes Mädchen«, sagt Mara May und bricht in multicolore Tränen aus.

»Sie war die Beste von allen«, sagt Galles bewegt, »einmal habe ich ihr sogar einen Brief wasichmitdirmachenwürde geschrieben.«

»Davon bekam ich mehr als tausend die Woche«, sagt Mara May unter Tränen.

»Nicht weinen«, sage ich, »wir alle haben einmal unseren goldenen Augenblick. Und danach ist es schön, sich daran zu erinnern. Hätten wir immer unseren goldenen Augenblick, würden wir es nicht einmal merken...«

»Wann war denn dein goldener Augenblick?« fragt mich Mara May.

Ich denke ein wenig nach und antworte: »Ich habe einmal einen roten Fisch im Luna-Park gewonnen.«

Es folgt ein bewunderndes Schweigen. Galles, der uns so melancholisch herumsitzen sieht, gibt zwei Fernet à la Banana aus.

»Darf ich Sie etwas fragen«, sage ich, »erinnern Sie sich, wie Sie in ›Die Camperin‹ in das Pfadfinderzelt gehen?«

»Selbstverständlich. Volpe führte Regie. Keiner verstand es so wic er, den Schweiß ins Bild zu bringen. Ein großer Film.«

»Ich habe ihn dreimal gesehen. Wenn ich mich richtig erinnere, hatten Sie in dieser Szene, entschuldigen Sie die Ausdrucksweise, einen Pfadfinder, der Sie von hinten würzte, einer trüffelte Sie auf legale Weise, während Sie mit den Händen zwei Pfadfindern die Peperoni quirlten und gleichzeitig dem Oberpfadfinder den Ballon aufbliesen.«

»Richtig«, sagt Mara May erfreut.

»Aber da stand doch noch ein sechster Pfadfinder neben dem Oberpfadfinder, der das Ganze am meisten genoß. *Was* und *mit* was machten Sie es ihm?«

»Das war mein Mann«, sagte Mara May.

»Ihr Mann?«

»Ja, Albert. Er war eifersüchtig, verrückt vor Eifersucht. Als er mich heiratete, wußte er zwar, daß ich Schauspielerin war, aber er hatte keine Ahnung, in welcher Branche. Als er es erfuhr, nahm ihn das sehr mit: Er war so altmodisch. Er war ohne jeden Grund so eifersüchtig. Schließlich folgte er mir bis auf den Set. Er hielt es nicht aus, daß mich jemand küßte. Aber für das Küssen hatte ich immer ein Double. In dieser Szene, ich erinnere mich genau, war er auf drei Pfadfinder eifersüchtig. Zur Kontrolle wollte er auf dem Set bleiben, und so haben wir ihn als Pfadfinder verkleidet und ihm gesagt, er solle so tun, als ob er es genieße.«

»Und tat er so?«

»Oh, natürlich tat er so. Er war ein so einfacher Mensch. Albert hatte keine Vorstellung von dem Wort Perversion. Er vernachlässigte seine Arbeit, um in meiner Nähe zu bleiben. Erinnert ihr euch in dem Film an die Orgie mit den drei Köchen in dem vegetarischen Restaurant? Gut, wir hatten die Hälfte gedreht, als einer der zwei Köche nicht mehr konnte, da er zuviel von dem Dekorations-Soja gegessen hatte. Vielleicht kennt ihr dieses hydraulische Problem, wenn das Blut dahin fließt, fließt es nicht dorthin. Also gut, der Koch war erst gegen Mitternacht wieder fähig, ich war todmüde und es mußten noch einige Totalen gefilmt werden, natürlich keine Großaufnahmen von Gesichtern. Und wißt ihr, was Albert da machte? Er opferte sich und spielte mein Double. Er sprang für mich bei den Totalen mit dem Koch ein!«

»Er muß sehr verliebt gewesen sein«, sagte ich.

»Ja, der Arme.«

»Ist er tot?«

»Von wegen tot, dieser Bastard. Er hat eine Animal-Sex-Produktion hochgezogen und kontrolliert siebzig Prozent des Pferdesektors und dreißig Prozent des Schnabeltierpornos.«

»Schnabeltierporno?«

»Ja. Läuft optimal auf dem australischen Markt. Aber wir haben genug von der Vergangenheit gesprochen. Ich werde Ihnen sagen, warum ich hier bin. *Ich brauche einen Baol.* Und Sie, Melchiade Saporog'zie Bedrosian Baol, sind einer der wenigen, die übriggeblieben sind.«

»Ich arbeite nicht mehr.«

»Aber Sie sind noch Zauberer... Ich brauche Ihre Tricks«, die Augen der Alten blitzen vor Aufregung, »ich brauche die Tricks der Wei-Schule und noch vieles mehr.«

Ich versuchte, meine Nervosität zu verbergen, doch das Glas, das mir aus der Hand fiel, die Erdnüsse, die ich ausspuckte, und vor allem, daß ich vom Stuhl fiel, bewirkten, daß sie etwas merkte.

»Ich mache keine Tricks mehr. Vielmehr habe ich noch nie welche gemacht.«

»Wir wissen alles. Sie waren heimlich im FNC, im SDOFNC und im CCRTSN tätig. Sie flogen aus dem CCRTSN raus, weil Sie den UCCPLLDRD unterstützten, und als dieser sich spaltete, gingen Sie zu der UCCLRD-Fraktion, die sich dann in drei Gruppen teilte, von denen Sie eine, die UCC, während der ›Sieben Herrlichen Tage‹ unterstützten. Sie waren es, der den Angriff der weißen

Kaninchen auf die Kasernen von M. organisierte, woraufhin Sie beim UCC rausflogen und mit einem Freund den CC gründeten, dann ...«

»Sind Sie von der Polizei?«

»Nein. Ich bin eine gute Freundin von einem, der Sie braucht. Eine besondere Person.«

»Ich kenne nur eine besondere Person«, sagte ich und drückte das Glas fester in meine Hand. »Eines Morgens, als ich aufstand, fragte ich sie: ›Alice, Alice, was hat sich zwischen uns geändert?‹ Und sie antwortete: ›Aber ich bin nicht Alice!‹ Da verstand ich. Seit diesem Tag«, seufzte ich und schüttete den ganzen Fernet runter, »ist das einzig Besondere in meinem Leben, wenn sie im Fernsehen einen alten Film von Grapatax bringen.«

»Genau der braucht Sie«, sagte die Alte.

»Grapatax? Der große Saverio Antonio De Grapatax?«

»Ja. Der größte Komiker aller Zeiten.«

»Der ist vor sechs Jahren gestorben.«

»Er ist nicht tot. Er lebt und wartet auf Sie ...«

»Ich will einen Beweis.«

»Als Sie ein junger Zauberer waren, gab Grapatax eines Abends in Ihrem Nachtlokal eine Vorstellung. Er war auf dem Gipfel seiner Karriere. Ihnen hingegen ging es schlecht: Sie hatten nicht einmal einen Smoking für die Bühne. Grapatax lieh Ihnen seinen. Als er ihn bügelte, sagt er, seien zehn Tauben rausgeflogen. Stimmt das?«

»Das stimmt nicht.«

»Ich wußte es. Er erzählt immer solche Märchen, der alte Trottel. Egal, Sie werden trotzdem kommen.«

»Wer sagt das?«

»Es hat etwas mit Ihrem Geheimnis zu tun...«

Ich nahm den Mantel, und wir gingen. Sie schrien hinter uns her. Der Mantel gehörte nicht mir.

5.

Es ist eine ruhige Nacht im Regime. Die Drogenpolizei schießt auf die Dealer, die im Vorbeifahren aus ihren Ferrari das Feuer erwidern. Hunderte von Gorillas eskortieren die Parteibönzchen in die Zonen des Lasters, in die Ghinzas, Schwabings und Perversailles, Richtung Nachtbars, Peepshows, Parties und Bingo. Das Zentrum ist verstopft. Zwei Straßen sind für Modenschauen gesperrt, die Polizei überwacht, gestern gab es einen Zusammenstoß zwischen Stylisten der Regierung und denen der Schattenregierung. Es kam zu Auseinandersetzungen auf dem Laufsteg: sieben verletzte Mannequins und ein toter Stylist mit einem Pfennigabsatz in der Brust. Jetzt marschieren sie bewaffnet über den Laufsteg.

Die alte Mara und ich überqueren die Brücke über den Fluß Molochinka, der Ghinza von den Randvierteln trennt. Unter dieser Riesenbrücke leben viele Menschen, vor allem Afrikaner, Albaner und Engländer. »Unter« heißt nicht im Fluß. Dort befinden sich Armeen von tobenden Mäusen, und das Wasser qualmt giftig wie der Kochtopf einer Hexe. Die Leute leben in großen, zwischen den Bögen aufgehängten Hängematten oder auch in den Zwischenräumen der Brückenpfeiler. Die Polizei versucht, sie einfach abzuknallen, was aber aus siebzig Meter Entfernung nicht einfach ist. Wie die Mauergeckos steigen sie am Eisenbeton hoch. Entlang der Straße an der Brücke haben sie Löcher gegraben. Ab und zu stürzt ein Auto rein und fällt siebzig Meter tief direkt in den Fluß. Und sie nehmen ihre Beute aus. Sie schmeißen nichts weg. Ihre Mäntel aus dem Mercedesinneren sind sehr gefragt.

Heute abend scheint alles normal zu verlaufen. Ein riesiges Gewirr von Autos schleppt sich in einer Gaswolke fort. Ein ganzer Straßenzug ist seit Jahren wegen Bauarbeiten geschlossen, keiner weiß mehr, was da gearbeitet wird. Auf den Erdhügeln und zwischen den Gruben rasen die Geländewagen, denen diese Strecke mittlerweile besonders lieb ist.

Die alte Mara May hat einen AW, Afterwar 2000. Sie werden in Gambettola aus den Bruchstücken alter Kriegspanzer (ihrer war einmal ein irakischer Panzer) gemacht. Sehen zwar häßlich aus, sind aber sehr robust. Arbeitet man für das Regime, kann man sogar die Zulassung für ein Kanonentürmchen beantragen. Mara hat sie nicht, aber sie pfeift drauf. Sie überholt rechts und kämpft Seite an Seite mit dem Volvo Thor, dem Fiat Macho, dem Toyota Samurai, mit all den neuen Modellen der Verkehrsverstopfung, die den Straßenkämpfern so gut gefallen.

Als wir die Mitte der Brücke fast erreicht haben, bleiben wir stecken. Mitten auf der Straße steht ein Rolls-Royce, eine sechzehn Meter lange schwarze Limousine, deren Insasse gerade am Autotelefon hängt. Aus unterschiedlichen Richtungen übersäen sie ihn mit Bleikugeln, doch der Fahrer hat Panzerglas. Hinter uns kommt ein LKW mit dem Fernfahrerwappen der Apokalypse, einer LKW-Genossenschaft für diejenigen, die zweihundertvierzig fahren. Der LKW ist sechsmal so groß wie wir. Rechts in der Kabine hängt eine große Leuchtmadonna, in der Hand das blinkende Herz Christi. Links das dreidimensionale Poster einer Tankwartorgie. Über der Kabine die Hörner eines Hirschsauriers und eine ganze Reihe Totenköpfe, die als Nebelscheinwerfer dienen. Ein Blondbart steigt aus, lehnt sich an den Rolls und sagt:

»Halten wir ein Schläfchen?«

»Gehen Sie mir nicht auf den Sack«, sagt der im Rolls, »ich bin vom Finanzdienst und mit der New Yorker Börse verbunden. Wenn ich nicht stehenbleibe, empfange ich die Telefonsignale nicht. Eine Sache von fünf Minuten.«

»Na gut, wenn's nur fünf Minuten sind ...« sagt der Blondbart und steigt wieder ein.

Gleich darauf sehen wir einen Schatten aus dem LKW kommen und über unser Auto hinweggehen. Es ist der Arm eines Krans mit einer Magnetplatte an der

Spitze. Wie bei den Spielchen im Luna-Park fischt er den Rolls. Sanft hebt er ihn hoch, läßt ihn jenseits der Brücke baumeln und: pluf! läßt er ihn los. Wir fahren weiter.

»Ich kann diese Verkehrsblockierer nicht ausstehen«, sagt Mara May, »aber auch die Fernfahrer der Apokalypse gehen mir auf den Geist. Auf dieser Welt gibt es zuviel Gewalt und zuwenig Liebe.«

»Gut gesagt«, sage ich und entferne ihre Klauen von meinem Gürtel. Sie zieht einen Schmollmund.

Wir fahren von der Umgehungsstraße ab und nehmen eine alte Vorstadtstraße, die uns in die Schlafviertel bringen wird. Es ist eine breite Straße, die seitlich von zwei Müllhügeln begrenzt wird, auf denen Scharen von Möwen ihre Bettlerfreuden ausschreien. Auf den Müllhügeln blühen erfinderische Lösungen des Wohnungsproblems. Zunächst treffen wir auf Grunding Village, wo die Leute in den Pappkartons von Fernsehern leben. Dann stoßen wir auf Rohrpolis, wo sie in alten Gasleitungen hausen. Nach Rohrpolis kommt Camperland, die bewegliche Stadt, und dann die Zone der geheimnisvollen Gärten, in denen es ein paar alten Künstlern des Sektors gelungen ist, zwischen Unkraut und Teer einige Quadratzentimeter Kohl und Kartoffeln zu kultivieren. Am Kilometer achtundzwanzig liegt ein berühmter Garten, dessen Besitzer es geschafft hat, unter einem Werbeplakat der Air Sudan Bananen zu züchten. Ab Kilometer dreiunddreißig wird die Straße unbefahrbar und am Horizont zeichnen sich wie eine Bergkette die Schlafviertel ab. Schwarzer Staub umgibt uns, so daß es weder Tag noch Nacht ist.

»Grapatax wohnt ja in einer schönen Gegend«, sage ich.

»Die Leute vergessen«, meint die Alte. »Wie viele Komiker sind in Armut gestorben? Hardy, Keaton, Sokrates. Und die Pornodiven? Warum hat mir, deiner Meinung nach, seit vierzig Jahren niemand mehr ein Arbeitsangebot gemacht?«

»Das weiß ich nun wirklich nicht.«

Wir kommen an eine Kreuzung, die wohl einmal sehr befahren war. Heute wachsen Agaven und Kakteen aus dem Asphalt.

Von dem einstigen Glanz ist nur eine Reihe Straßenschilder übriggeblieben, alle mit Schriftzügen verziert, die entweder Anfeuerungen für die geliebte Mannschaft (geliebte Frau) oder Beschimpfungen für die verhaßte Mannschaft (verhaßte Frau), für die Laster des Nordens, für die Laster des Südens oder für unseren verzweifelten Herrn wiedergeben. Grapatax' Gebäude ist ein verfallener Wachturm, Atollo K, zwanzig Stockwerke hoch mit ausschließlich kaputten Fenstern. Zwei, drei Jungen spielen auf der lila Wiese Golf. Eine Alte, die auf der Suche nach wildem Radicchio ist und ein Gewehr umhängen hat, beobachtet uns von weitem. Es ist gefährlich, um diese Zeit hier herumzulaufen. Ein Junge hat uns anvisiert, kommt auf uns zu und zieht eine Pistole, die so groß ist wie er selbst:

»Raus mit dem Geld, Fremde«, sagt er.

»Raubst du die Leute immer mit einem Blumenstrauß aus?« frage ich. Das Kind hat tatsächlich einen großen Papierblumenstrauß in der Hand. Für solche Fälle habe ich immer ein bis zwei Stück bei mir.

»Ich muß den Pusher wechseln«, meint das Kind und entfernt sich mit nachdenklicher Miene.

Die alte Mara May lehnt sich mit all ihrer knöchrigen Süße an mich und zwinkert:

»So, du kannst die Tricks also nicht mehr, was?«

»Nur in Notwehr.«

Wir gehen in das Gebäude und rufen den Fahrstuhl. Der zischt runter wie ein Flugzeug. Als er sich öffnet, sind zwei schlummernde Zwerge drin und ein dritter, der gerade Kaffee kocht.

»Hallo Raul, hallo Bobo, hallo Nick«, sagt die Alte, »ich stelle euch einen Freund vor. Einen Baolzauberer. Dies sind die Gnocchettis. Vielleicht hast du schon mal von ihnen gehört.«

»Natürlich. Die berühmten Komiker-Akrobaten. Ich habe euch einige Male gesehen. Ihr wart phantastisch.«

Bobo fängt an zu weinen.

»Er mag es nicht, wenn man von der Vergangenheit spricht«, sagt Raul.

Der Fahrstuhl fährt los, krachend und langsam. Es ist heiß, und Feldbettchen und ein Herd stehen herum.

»Wir leben seit drei Jahren hier«, sagt Raul, »es hat uns nie gefallen, in einer Wohnung eingeschlossen zu sein. Wir sind gewohnt, in der Höhe zu leben. Wenn wir nicht auf dem Seil oder dem Trapez standen, haben wir in den Raumschiffen der Achterbahn geschlafen. Bobo zum Beispiel hat noch nie einen Fuß auf die Erde gesetzt. Er hat sich immer mit Trampolinen fortbewegt. Die Polizei hat versucht, uns aus den Fahrstühlen zu verjagen, und früher oder später wird sie es auch schaffen. Vielleicht schon morgen.«

Nick bricht in Tränen aus.

»Er mag es nicht, wenn man von der Zukunft spricht«, sagt Raul.

»Aber wart ihr nicht einmal zu viert?«

Bobo weint in Strömen.

»Ja, da war noch George«, sagt Raul, »der kleinste. Dreiundsechzig Zentimeter mit Schuhen. Zusammen machten wir den vierfach gekreuzten Hanszelmann auf dem Trapez. Einzigartig auf der Welt. Wir machten auch die ›kleine fliegende Salami‹, bei der sich einer an den Füßen des anderen festhielt. Dann traf George auf einen üblen Typen. Einen vom Regime. Der versprach ihm, ihn ins Fernsehen zu bringen. Zunächst wollte er ihn jedoch zum Stretching ins Fitneßcenter stecken. George fiel drauf rein. Nach ein paar Monaten kam er uns besuchen. Er war einssechzig groß und benahm sich wie ein Dandy. Auf dem Sender der Liga Artica machte er ein Programm mit rassistischen Witzen. Der Spruch ›Nördlicher als wir steht niemand‹ stammt von ihm. Er organisierte Kongresse und Meetings, trank mit dem Strohhalm. Er war nicht mehr er selbst. Der Ehrgeiz hatte ihn verändert. Mit immer raffinierteren Maschinen ließ er sich die Knochen strecken. Er kam mittlerweile auf einsfünfundachtzig. Das war sein Ende. Eines Tages fuhr er mit dem Motorrad den Peluso-Highway entlang. An einem Bahnübergang gab er Vollgas, um noch unter den Schranken durchzukommen. Denn auch wenn er jetzt einsfünfundachtzig groß war, blieb er instinktiv doch immer ein Zwerg. Und Zwerge kommen überall unten durch.«

»Aber dieses Mal kam er nicht durch«, sagte Nicky, »oder besser, er kam durch, aber ohne Kopf.«

»Schlimme Geschichte«, sagte ich.

Ergriffen wischten sich die drei Zwerge ihre Nasen an meiner Jacke ab. An einer Wand des Fahrstuhls hing ein Bild aus ihren besten Zeiten, sie in ihren Bühnenkostümen. Auf einem anderen scherzten sie mit Buster Keaton in der Coupole. Auf einem weiteren war Bobo an seinem Hochzeitstag mit Eva Moore aus dem Crazy Horse zu sehen.

»Und was arbeitet ihr jetzt?« sagte ich, das Schweigen brechend. Raul fing an zu weinen.

»Er mag es nicht, wenn man von der Gegenwart spricht«, sagten die anderen.

Der Fahrstuhl blieb einige Meter unterhalb des Stockwerks stehen. Wir stiegen eine Strickleiter hoch. Grapatax lebte auf einem langen, schmalen Dachboden mit einem Glasdach. Auf dem Dach saßen Hunderte von unbeweglichen Raben, die alle auf einmal den Kopf drehten, als sie uns hereinkommen sahen. Der Dachboden war kahl. Am anderen Ende erkannte ich vage einen Sessel und ein Tischchen. Auf dem Sessel lag ein Wollplaid. Unter dem Plaid saß der große Grapatax.

6.

Es ist sehr still hier oben. Man hört nur den Wind, der durch die kaputten Fenster weht und die Spinnweben an der Decke bewegt. Grapatax scheint eingeschlafen zu sein. Ein schmaler Kopf, klein wie der einer Katze, schaut unter der Decke hervor. Die Hand, die es verstand, elegante und unwiderstehliche Gebärdenspiele in die Luft zu zeichnen, liegt auf der Armlehne des Sessels. An den Füßen ein Paar durchgelaufene Turnschuhe. Auf dem Tisch ein Teeservice und eine halboffene Sardinenbüchse. Das also ist der Mann, der die ganze Welt zum Lachen gebracht hat.

Er öffnet die mit Bister geschminkten Augen, gelb und leuchtend. Wie eine alte Katze.

»Sie sind also gekommen...« sagt er mit dünner Stimme.

»Sieht ganz so aus«, antworte ich ein wenig beunruhigt. Hinter mir höre ich gelegentlich das Hüsteln der Zwerge.

»Laßt uns allein«, sagt Grapatax.

Wir bleiben allein.

»Gießen Sie mir Tee ein«, sagte er, »ich bin zu schwach, um die Kanne zu heben. Es ist eine Muskelkrankheit. Komisch, nicht, für einen, der mit zwei Salti mortali die Bühne betrat?«

»Ich finde, Sie sehen ziemlich gut aus.«

»Selbstverständlich! Gestern war ich beim Arzt und habe ihn gefragt: ›Doktor, sagen Sie mir die Wahrheit, werde ich noch einmal eine Frau in den Armen halten können?‹ ›Sicherlich‹, hat er gesagt, ›wenn Sie eine finden, die sich mit Ihnen begraben läßt.‹«

»An diesen Witz erinnere ich mich. Hepzibah hat ihn erzählt.«

»Ja, dieser Stinker. Er war ein niederträchtiger Komiker. Klaute von allen Witze. Besonders die makabren gefielen ihm. Alle stieß er vor den Kopf. Keiner hielt es mit ihm aus. Wenn man einen Fehler machte, ohrfeigte er einen vor versammelter Mannschaft, auch auf der Bühne...«

»Und haben Sie Garau gekannt?«

»O ja! Ein wahrer Lüstling. Sein Standardvertrag: dreitausendundzwei mollige Tänzerinnen. Einmal versuchte er, die Puppe eines Bauchredners zu vergewaltigen.«

»Und Silvio Saponetta?«

»Fürchterlich! Geldgierig. Selbst die Autogramme ließ er sich bezahlen. Eines Abends, am Theaterausgang, hielt ihn eine Mutter mit einem behinderten Kind im Rollstuhl an. Sie sagte, daß sich die Kleine fürchterlich gern auf seinem Arm fotografieren lassen würde. ›Fünfzig Mark auf dem Arm und hundert im Rollstuhl‹, antwortete er.«

»Und Rigutini?«

»Eine perverse Tunte; ein Exhibitionist. Er köderte die Feuerwehrmänner, indem er sich die Federn seines Kostüms anzündete. Frauen haßte er und brach sofort die Dreharbeiten zu ›Rigutini und Rin-Tin-Tin‹ ab, als er erfuhr, daß Rin-Tin-Tin ein Weibchen war.«

»Kommt bei Ihnen niemand gut weg?«

»O doch«, lächelte Grapatax, »aber ich bin nun mal ein Lästermaul. Einige waren auch sehr reizend. Napo Verez zum Beispiel spendete die Hälfte seines Verdienstes einem Waisenhaus. Es stimmt natürlich auch, daß er seine sechzehn Kinder dort reingesteckt hat. Dann Poldo Pelo. Sehr sensibel. Wenn einer aus dem Publikum nicht lachte, paßte er ihn am Ausgang ab und heulte ihm so lange was vor, bis dieser einen Lacher von sich gab. Dann war da noch Watz. Der große Watz. Er gab überall eine Show. Wenn er ein Hotel betrat, blieb alles stehen: Die Kellner stellten die Gerichte auf den Kopf, die Köche warfen die Töpfe um, und die *femmes de chambre* wälzten sich vor Lachen auf den Betten, statt sie in Ordnung zu bringen. Ein Tornado an Gags und Witzen. Kein Hotel nahm ihn mehr auf. Eines Tages, während einer Tournee, akzeptierte ihn endlich ein Grand Hotel. Ein Haus alten Stils, von vornehmen und sehr ruhigen Herrschaften besucht. Keiner lachte über seine Witze. Watz versuchte es drei Tage lang. Am Ende war er nervlich am Ende und wollte sich in der Dusche aufhängen. Der Direktor erklärte ihm, daß es ein Hotel für Taubstumme sei, was auch für das Personal gelte.«

»Aber der Direktor war doch nicht taubstumm...«

»Nein, aber er wollte vor den anderen nicht dumm dastehen und als einziger lachen. Das ist alles wahr. Wie die Geschichte von Mac Pac.«

»Mac Pac, das ›Gummigesicht‹?«

»Genau der. Auf der Bühne war es ein Vergnügen mit ihm. Aber das Leben draußen war für ihn die Hölle. Egal wo er hinging, die Leute fingen sofort an zu lachen, wenn sie ihn sahen. Sobald er nur einen Gesichtsmuskel bewegte, war er eine komische Katastrophe. Er kriegte keine mehr ins Bett, denn wenn er sich nur ein bißchen erregte, bekamen seine Partnerinnen einen Lachkrampf. Man untersagte ihm, auf Beerdigungen von Freunden zu gehen. Er bekam Depressionen und versuchte es mit Analyse. Solange er auf der Couch lag und der Psychiater ihm den Rücken zukehrte, war alles in Ordnung. Wenn dieser sich jedoch einmal umdrehte, konnte er nicht mehr zuhören, ohne sich vor Lachen in die Hose zu machen. Mac Pac brachte sich um, indem er eine Stunde lang in den Spiegel schaute. Er hat sich totgelacht. Es gelang noch nicht einmal, seinen Sarg zu schließen. Der Pfarrer bepißte sich vor Lachen während der Grabrede . Wenn es Gott gibt, so lacht er jetzt laut.«

»Und Merrill?«

»Man erzählte, er hätte sich aus Liebeskummer umgebracht. Geschichten! Er hatte Probleme mit seinem Partner, erinnerst du dich an das Duo Attanasio-Merrill? Beide wollten immer den letzten Witz für sich haben. Ich habe sie einmal in Las Vegas gesehen, da dauerte die Show bis nachts um drei. Sobald einer versuchte, die Schlußpointe zu bringen, zack, fing der andere wieder an. Es endete je nach körperlicher Verfassung: Manchmal hielt es Attanasio länger aus, manchmal Merrill. Ich habe noch nie zwei Personen gesehen, die sich so sehr haßten. Eines abends in einem Lokal zogen sie es bis sechs Uhr morgens raus. Nur ein paar zermürbte Zuschauer waren übriggeblieben. ›Und nun, liebe Zuschauer, verabschieden wir uns‹, sagte Merrill, ›aber es lohnt sich gar nicht, nach Hause zu gehen, denn in Kürze beginnt unsere morgige Show.‹

›Richtig, Merrill. Aber du hättest nicht ‚unsere' sagen dürfen, denn jetzt wissen sie, daß auch du dasein wirst, und sie werden nicht kommen.‹

›Oh, Attanasio, sag so etwas nicht. Ich weiß, daß du der bessere bist; ich glaube nicht an das, was die Leute sagen, Attanasio.‹

›Wenn Ihnen der Witz alt vorkommt, müßten Sie erst mal Merrills Frau sehen.‹

›Wenn Ihnen dieser Witz schlüpfrig vorkommt, müßten Sie es erst mal mit Attanasios Frau versuchen.‹

Attanasio winkte ab und bereitete die Retourkutsche vor. Aber bevor er den Mund öffnen konnte, zog Merrill eine Pistole aus der Tasche und erschoß sich. Somit hatte er für alle Ewigkeit das letzte Wort. Da war keine Frau im Spiel. Reiner Berufsneid.«

»Was für Zeiten!«

»Gute Zeiten. Wir gaben unsere Seele auf dieser Bühne«, seufzte Grapatax. Mit einem parfümierten Taschentuch schneuzte er sich die Nase. Er ließ den Kopf auf die Rückenlehne des Sessels fallen und schaute in die Ferne. Mir schien, als sänge er leise vor sich hin.

»Soll ich dir alles von Anfang an erzählen? Willst du wissen, warum ich dich gerufen habe, Baol?

»Ich bin kein Baol mehr«, sagte ich.

»Ein Baol bleibt auch hundert Jahre nach seinem Tod ein Baol«, sagte Grapatax, »so wie der Regen nicht aufhört, wenn er fällt. Baolian, drittes Buch, Vers 342. Ich kenne eure Schriften.«

»Legenden«, sagte ich.

»Als ich der König der Komiker war, vor vielen Jahren«, fuhr Grapatax fort, »verstand ich es, der himmlischen Musik des Lachens zu lauschen. Es konnten zweihundert Leute im Saal sein, und ich unterschied dennoch ein Lachen vom anderen, wie unterschiedliche Instrumente. Die Fetten, die Gutturalen, die Schüchternen, die Mitlacher, die Ausgelassenen, die Verhaltenen, die Enthusiastischen, die Bitteren. Manchmal stimmte ich meine Witze genau auf ein Lachen ab: auf das ehrlichste, das klarste. Oder ich machte ein unsicheres aus, von einem, der schlecht gelaunt war, und ich hörte es wachsen, überzeugender werden, sich ausbreiten, und es war mein Triumph. Ich merkte, ob jemand zu früh oder zu spät lachte, ob einer über das Lachen seines Nachbarn lachte, oder ob er von einem eigenen Lachanfall fortgerissen war. In dieser Vielfalt von Lachern stellte ich mir vor, daß sich die Leute von ihren Ängsten, ihren Vorurteilen und ihrer Engstirnigkeit befreiten. Ich fühlte mich wie ein optimistischer Arzt, ein allmächtiger Magier, ein vertrauensvoller Freund. War das Eitelkeit? War das Einbildung? Vielleicht. Aber es war mein Leben.

Dann kamen die Jahre des Regimes. Ich spürte, daß sich etwas änderte. Die Musik war nicht mehr so vielfältig. Die Lacher wurden sich immer ähnlicher. Eine kleine Anspielung reichte aus, und alle dachten an dasselbe und lachten in derselben Tonart. Auch die Stimmlage hatte sich verändert. Als ... als ob sie alle mit vollem Mund lachten. Ich versuchte, sie zu provozieren. Die Sachen, über die Sie lachen, sagte ich, können Sie töten. Lachen ist etwas Unheimliches: ungehorsam und konformistisch, gesellig und einsam, unruhig und dumm, rassistisch und entlarvend. Vorsicht vor dem großen Supermarkt des Lachens, vor den Sonderangeboten für alle. Sie sind Ihre eigenen Komiker. Machen Sie sich Ihren Alltagshumor selbst. Und sie lachten.

Das Regime erfuhr schnell von meiner Wandlung. Erst machten sie mir den Hof, dann stellten sie mich ins Abseits, dann machten sie mir wieder den Hof. Bis zu jenem Abend, dem 16. September (Sie erinnern sich an den Tag!), an dem ich den Großen Parteibonzen persönlich kennenlernte. An diesem Abend endete mein kurzes, glückliches Leben als Komiker. Ich werde Ihnen später erklären, warum. Schritt für Schritt zog ich mich aus dem großen Geschäft zurück und verlor mein Publikum. Da sie mich nicht mehr auf der Bühne oder im Zirkus sahen, dachten sie, ich sei am Ende. Ich blieb der alte, doch da ich nur noch in kleinen Theatern auftrat, glaubten sie, mich geschafft zu haben. Eines Abends bat mich ein junger Mann um ein Autogramm. Ich gab es ihm. ›Was‹, sagte er, ›Sie sind gar nicht Reuccio Baluccio?‹ ›Nein, ich bin Grapatax.‹ ›Verflucht, ich dachte Sie wären Reuccio Baluccio, der im Fernsehen den Schwulen spielt. Hätte ich das gewußt, hätte ich nicht so gelacht.‹

Daraufhin zog ich mich zurück. Eine Zeitlang verlangten sie noch nach mir. Dann sprach mich niemand mehr an. Zehn Jahre lang. Zehn lange Jahre der Stille.«

Grapatax' Stimme war nur noch ein Flüstern, ein dünnes Säuseln. Langsam legte er sich eine Hand auf die Stirn, wie zu einer Liebkosung.

»Also beschloß ich zu sterben«, seufzte er.

»Warum?«

»Nur so hätten sie wieder an mich gedacht. Und so war es. Kaum ging die falsche Nachricht von meinem Tod raus, fingen sie wieder an, mich zu lieben. Poster, alte Sketche neu aufgelegt, sogar meine schlechten Filme. Man sprach wieder von mir. Anfangs war das ein gutes Gefühl. Doch dann fingen sie an zu lügen. Für die Verrückten Pfaffen war ich ein apokalyptischer Moralist, der erste Mystikomiker. Für die Aufsteiger war ich reines Vergnügen, über die Ideologien hinaus. Die Intellektuellen gebrauchten mich für ihre Schlägereien. Die Rebellen sagten, ich sei ein Rebell. Niemand sagte mehr, was ich wirklich war.«

»Und was waren Sie?«

Grapatax antwortete nicht. Er schwieg eine Minute und betrachtete die Teeblätter in seiner Tasse.

»Mir wurde bewußt, daß das, was ich gemacht hatte, mich nur ein zweites Mal sterben ließ. Aber ich hätte auch diesen Spott überstanden, auch diese Lügen. Doch vor ein paar Tagen haben sie mir das hier gebracht.«

Er gab mir eine Zeitungsseite. Sie zeigte ein Bild des jungen Grapatax zusammen mit dem Parteibonzen, damals noch mit Haaren und am Beginn seiner Karriere.

»Lesen Sie, was drunter steht«, sagte Grapatax.

»Dieses Foto wurde am 16. September vor zwanzig Jahren geschossen, während eines Auftritts des Komikers Grapatax, dem auch der Große Parteibonze beiwohnte, damals Untersekretär des Varietés. Der Große Parteibonze hatte großes Vergnügen an den Witzen des Komikers, und nach der Vorstellung lernten sich die beiden kennen und wurden gute Freunde. Zur Erinnerung an dieses Treffen wird aus Anlaß der Verleihung des Preises der Preise der Film von jenem Abend gezeigt und Grapatax ein Gedenkpreis zuerkannt.«

»Verstehen Sie?« schrie Grapatax, »verstehen Sie?«

»Es stimmt doch, daß Sie an den Tisch des Parteibonzen gingen, oder?«

»Ja, es stimmt. Aber wir stritten fürchterlich. Ich war nie ein Freund dieses Trottels. Ganz im Gegenteil, an diesem Abend nahm ich meinen ganzen Mut zusammen und warf ihm alles mögliche an den Kopf. Die können doch nicht einfach so lügen!«

»Aber wenn der Film gezeigt wird, werden doch alle sehen, was wirklich passiert ist...«

»Sie kennen doch die Realitätskomponisten. Die haben unglaubliche technische Geräte ...«

»Glauben Sie, daß Ihr Monolog verändert wird?«

»Davon bin ich überzeugt. Aber ich weiß, wo der Originalfilm, die vollständige Version, ist. Sie müssen sie finden.«

»Warum gehen Sie nicht hier raus und erzählen alles? Warum machen Sie keinen geheimen Auftritt?«

»Ich bin krank. Und ohne diesen Film würde mir niemand glauben.«

»Wo ist der Film?«

»In der Hölle«, sagte Grapatax.

Ich pfiff laut, traurig und lange.

»Dann kann ich Ihnen auch nicht helfen«, sagte ich, »da kommt niemand rein.«

»Ein Baolzauberer schon.«

»Ich bin keiner mehr.«

»Wirklich? Und doch habe ich schon vor einiger Zeit aufgehört zu sprechen.«

Es stimmte. Grapatax hatte die Augen geschlossen. Vielleicht schlief er. Ich hatte seinen Gedanken zugehört und war in die Falle gegangen. Ich drehte mich um und sah die Zwerge bewegungslos in unterschiedlichen Posen, wie auf einem spanischen Bild. Mara May rückte sich den Vorbau zurecht.

»Also, was wird gemacht?« fragte Raul.

»Wir haben nur achtundvierzig Stunden«, sagte Nick weinend, »in zwei Tagen findet wie jedes Jahr im Palast der Eitelkeit der Preis der Preise statt. Alle achtzig Sender sind angeschlossen. Auch das Ausland.«

Bevor ich ging, drehte ich mich noch einmal kurz um. Grapatax schnarchte ruhig unter seiner Decke.

Warum sollte ich es tun? Wahrheit. Nur ein bißchen Wahrheit. Für einen Alten.

»Ich kann Ihnen nicht helfen«, sagte ich. Schnell stieg ich die Treppen runter, die voll von herumlungernden Leuten, eingeschlafenen Hunden und Kinderwachposten waren.

7.

In diesen Räumen, siebzig Meter unter der Erde, ist die klimatisierte Luft frostig wie unter einer Eisscholle. Aber das muß so sein, der Einrichtung wegen. Den Korridor entlang summt ein elektrischer Essenswagen, angeschoben von einem Gastronauten in einem Raumanzug. Er bleibt über einer blauen Glasscheibe stehen. Drei Meter unter ihm, inmitten der Bildschirme, sitzt ein Mann mit einem synthetischen Pelzmantel. Er hat eine blaue Bergarbeiterbrille auf, trägt fingerfreie Handschuhe und eine Sturmmütze. Der Diener klopft mit dem Fuß auf die Scheibe. Der Mann hebt sofort den Kopf und macht eine verneinende Bewegung.

»Heute nichts, Doktor Atharva?«

»Nein danke, ich habe noch Milch von gestern.«

Der Gastronaut schüttelt den Kopf. Er kann gar nicht schnell genug diese frostigen, von Verrückten behausten Korridore wieder verlassen. Er verschwindet und hinterläßt einen tristen Geruch von Lasagne. Alles ist wieder ruhig.

Der Mann im Pelzmantel sitzt auf einem Drehsessel und bewegt die Finger über eine lange Tastatur. Er schaltet einen mit den oberen Stockwerken verbundenen Monitor an. Sie machen gerade einen Test mit zweitausend Anwärtern für ein Verehrungspublikum. Zweihundert Kandidaten sitzen seit einer Stunde still und schauen ins Leere. Ein Gähnen, ein Augenzwinkern, ein Moment der Unachtsamkeit, und man ist ausgeschieden. Die am längsten durchhalten, werden gefilmt und ins Archiv gegeben. An Verehrungspublikum besteht ständig Bedarf.

Atharva schaltet einen weiteren Monitor an. Eine versteckte Kamera im Personalbüro für Quizassistentinnen. Oft sieht man dort scharfe Sachen. Jetzt gibt es jedoch gerade eine Nonnenauswahl für »Bereue!«, eine Sendung mit Live-Beichten von Don Basko, dem Verrückten Pfaffen mit quamvis höchsten Einschaltquoten. Atharva seufzt gelangweilt. Er stellt einen dritten Monitor an. Das Panorama der Stadt, der gelbe Himmel. Gerade landet ein Flugzeug. Atharva betätigt die Maus und verwandelt die Szene in einen Zeichentrick, er bricht das Flugzeug mit einer Würstchenrakete in zwei Teile und läßt es abstürzen. Ein Spiel wie jedes andere. Er stellt seinen persönlichen Monitor an. Der

Porno von gestern. Er hat ihn aus Details eines deutschen Pornos, einer Werbung für Strumpfhosen und ein paar Großaufnahmen des Putzmädchens, versteckt gefilmt, zusammengesetzt.

Er speichert ihn ab: Man onaniert nicht zweimal mit demselben Porno.

»Gut«, sagt Atharva, »fangen wir an zu arbeiten. Tagesplan?« Der Zentralkompiuter, auf dem eine Plastikbüste des Parteibonzen thront, antwortet:

a) Besuch des Parteibonzen bei den Erdbebenopfern. Reaktion der Leute ändern. Umarmung eines Kindes und Schenken der gut sichtbaren Kekse (siehe Sponsorenvertrag) hinzufügen. Dauer 75".
b) Erklärung des Oppositionsführers Amaur. Lächerlich machen. 60".
c) Shama-Krieg. 734. Folge. Bombardierung nach Drehbuch. 125."

»Fast zu einfach«, denkt Atharva. Er legt eine Platte auf. Militärmärsche. Wenn er sich etwas Neues ausdenkt, läuft immer Musik. Er beschließt, mit Amaur anzufangen. Er vergrößert leicht den Weitwinkel. Amaurs Gesicht wird aufgeblasen und stumpfsinnig. Die Stimme behandelt er mit einem Frequenzverzerrer, so daß sie schrill wird. Ein kleines Detail fügt er hinzu. Einige Anwesende, die gefräßig um einen Tisch herumsitzen, gefilmt bei einem früheren Festival der Opposition. Er setzt es genau in dem Moment ein, in dem Amaur von Folterungen spricht. Dann fügt er zwei Pausen in die Rede ein, als gäbe es zwei Unentschiedenheiten. Ans Ende hängt er noch zehn Sekunden Amaur dran, wie dieser gerade in eine Luxuslimousine steigt.

Es ist ein alter Film von dessen Hochzeit. Atharva hat ihn schon dreimal benutzt, aber es funktioniert immer noch.

Und jetzt der Shama-Krieg. Neues Material ist notwendig.

ATHARVA CALL SECT 108.

Er stellte eine Verbindung mit dem Archiv her. Auf dem Bildschirm erschien das Gesicht des Archivverwalters, es ist ein junger Kerl, blind und elegant.

»Brauchen Sie weiteres Material über die Shama?«

»Ja, neues Zeug«, sagte Atharva, »chemische Bombardierung. Gekochte Schädel. *Andouillettes au napalm* ...«

»Es gibt Studiomaterial.«

»Gut, Hauptsache, es ist neu. Nach siebenhundert Folgen haben die Leute schon allerhand Fürchterliches gesehen.«

»Geht aber noch sehr gut«, grinste der Archivverwalter hämisch.

Die Bilder fingen an zu laufen. Ein abgebranntes Dorf. Shamasoldaten, geröstet wie Wachteln. Sehr gutes Material. Er wählte siebzig Prozent davon aus. Dann durchfuhr ihn ein ungewöhnliches Gefühl der Kälte. Auf dem Schirm war eine undeutliche Szene erschienen. Eine Gestalt in den Flammen. Die Gestalt kam näher: Es war ein Mann, der lebendig verbrannte, das Gesicht total verunstaltet. Der Mann hielt etwas in den Händen. Er machte ein paar Schritte auf die Kamera zu, als wollte er um Hilfe bitten, dann fiel er zu Boden. Das Bild verschwand. Atharva war von einem langen Schauder erfaßt.

»Was ist denn das für Zeug?« fragte er. Er hätte es sich noch einmal in Zeitlupe ansehen können, aber ihm war nicht danach. Und doch hatte er schon Schlimmeres gesehen.

»Tod eines Shamakriegers der regierungsfreundlichen Streitkräfte, lebend auf der Straße gelyncht und angezündet. Vor zwei Monaten im Studio aufgenommen. Ordnungsnummer 6157«, antwortete der Archivverwalter.

»Danke«, sagte Atharva. Er schaltete den Bildschirm ab. Den Pelzmantel hinter sich herschleifend, ging er auf und ab. Ihm war erneut kalt, und er drehte den Thermostat um ein paar Grad höher, was für ihn, der es liebte, unter null Grad zu leben, ungewöhnlich war. Er nahm die Brille ab. Ein weißer Belag verschleierte ihm die Augen. Kybernetisch betrachtet war er eigentlich blind. Er zog sich den Handschuh aus. Auf der rechten Hand hatte er eine Tätowierung. Ein Ideogramm in Form einer Schneeflocke.

Zweites Kapitel

In dem der Baolzauberer seine traurige Geschichte erzählt und sich wie erwartet in Schwierigkeiten begibt

Es gibt nichts Unmögliches.
Unmögliches gibt es nicht.

(Baolian, fünftes Buch, vv. 154–156)

Ich weiß nicht, ob es Gott gibt, doch wenn es ihn nicht gibt, macht er eine bessere Figur.

(Galles zu einem Gast, April 1984)

8.

Ich ging zum Bahnhof. Vielleicht wollte ich wegfahren. Oder träumen, daß jemand ankomme. An einem Kiosk kaufte ich ein Brötchen à la Möchtekäsesein und Wäreichdochschwein, sowie vier Fernet-Bonsai. Ich setzte mich, um die Vorübergehenden zu beobachten. Es kamen rucksackbepackte Japaner vorbei, die enorme Säcke auf den Schultern trugen, vielleicht mit einem anderen Japaner drin, ständig bereit zum Wechsel. Hyperboreer mit langen Beinen in der Farbe roter Furchenkrebse. Deutsche mit dressierten Koffern, die ihnen auf kleinen Rollen folgten. Amerikaner mit Patronengurten voller Kreditkarten. Und mit diesen zusammen Emigranten und Immigranten, zermürbt vom stundenlangen Zugfahren, mit homophonen oder allophonen Frauen, rothäutigen Omas, blonden Mischlingskindern mit schwarzen Augenbrauen und roten Sommersprossen auf mediterranen Gesichtern, mit Scham und Furcht vor den Verbänden zur Verteidigung der Rasse und des traditionellen Weihnachtskuchens. Und dann ungefähr zwanzig Ultras, die einer rumänischen Mannschaft Tod und Meniskus wünschten. Und verschiedene außereuropäische Volksstämme, die einen Platz zum Schlafen suchten.

Ein Einsatzwagen kam, und die Polizisten begannen, die Ausweise zu kontrollieren. Ab und zu schmissen sie jemanden in den Wagen. Zwei Negerlein versuchten abzuhauen und sausten an mir vorbei, einer verlor einen Schuh. Zwei, drei Ramboide, mit Knüppeln versehen, rannten hinter ihnen her. Ich wendete den ersten Baoltrick an, den ich in meiner Laufbahn gelernt habe: das Beinstellen.

Er gelang mir.

Dann war es an mir abzudüsen. Jetzt bin ich im Apocalypso. Mit keuchendem Atem, ausgebreitet auf einem Stuhl wie ein Boxer nach der fünfzehnten Runde. Galles schaut mich besorgt an und streitet mit den Gästen. Grapatax' Stimme liegt mir noch in den Ohren. Zum Teufel! Einer kann nicht sein ganzes Leben lang nur den Helden spielen. Ganz im Gegenteil, in den meisten Fällen schafft man es nur zehn Minuten lang. Sicherlich, in diesen zehn Minuten sieht man die Sachen anders. Heute abend ist die Stadt elektrisch. Es gibt ein Rockkonzert, die Motorshow und eine Hinrichtung.

Viele Leute sind von auswärts gekommen. Die Verrückten Pfaffen halten die Straßen besetzt und skandieren Sprüche gegen den Verfall der Sitten. Im blauen Viertel haben sie eine Frau wegen nicht vorschriftsmäßigen Lippenstiftes umgebracht. Vor dem Palast der Eitelkeit, in dem das Konzert stattfindet, wurde ein Sänger von einem Auto erschlagen, das von einem Hausdach geworfen wurde. Er war der Lieblingssänger der Sozialistiger und der sechzehnte der monatlichen Beliebtheitsliste. Man nimmt an, daß der Attentäter die Nummer siebzehn der Liste ist, ein bekannter industrieller Segler. Sie würden alles tun, um in der Liste weiter nach oben zu kommen. So gibt es eine ganze Menge Spannungen, und man schießt von einem Restaurant auf das andere.

Es verging eine Stunde. Galles bereitete mir einen Gordon Pym (Eis, Gin und Fernet bianco), um mich aufzurichten. Eine Wonne. Während ich ihn runterschüttete, glaubte ich, einen großen grünen Wurm im ärmlichen Gelb der Leuchtreklame des Apocalypso zu sehen, der mich aus einem der geparkten Autos heraus beobachtete. Es kam eine Gruppe Jugendlicher vom Typ »Acid« herein, angezogen wie Fahrradtouristen, und veranstaltete ein Riesenchaos, zwar lustig, aber dennoch Chaos. Dann kam eine Alte mit elektrischer Gitarre und einer Schubkarre mit dem Verstärker herein. Sie fing an, dieses verfluchte Lied voller Erinnerungen zu spielen.

Man sagte mir, daß dir Jungs mit Tolle gefallen
Man sagte mir, daß dir Typen wie ich gefallen …

Warum bin ich hier gelandet? Wann fingen die Dinge an, schiefzulaufen? Sie war groß und blond, auch wenn sie Absätze trug und ihre Haare gefärbt waren. Sie war eine große Taschenspielerin. Sie verstand es, das Publikum abzulenken: ein Lächeln, ein Aufflammen der Haare, anderthalb Meter lange Beine. Doch sie war gut, wirklich gut. Wir reisten ein paar Jahre zusammen. Wir liebten uns. Wir machten es überall (mir gefielen Meeresstrände, ihr Autounfälle). Eines Tages bemerkte sie einen Selekteur vom Regime. Er trug sehenswerte Mokassins und eine antiseismische bathypelagische Digitaluhr mit Zeitanzeige für Gezeiten und Kometen. Aber ich muß meine Liebesgeschichte unterbrechen. Der Wurm ist hereingekommen und schaut mich an.

»Verehrter, Verehrtester, wir haben uns lange nischt mehr gesehen. Du bist ein bischen angetrunken, oder irre isch misch?«

Ich brauche nicht lange, um zu verstehen, wer der Wurm ist. Es sind die drei Zwerge, einer über dem anderen, in einem grünen Lodenmantel. Der an der Spitze ist Raul.

»Wer sind Sie?« frage ich und tue so, als ob nichts wäre.

»Isch heiße Mr. Triplex«, zwinkert mir Raul zu, »und man hat mir gesagt, daß isch wie ein feiner Herr reden solle.«

»Nehmen Sie etwas, Mister?«

Triplex haut neun Brioches auf drei Ebenen weg und schaut mich mit sechs forschenden Augen an.

»Also, was wird gemacht?« sagt er.

»Wer hat euch gesagt, daß etwas gemacht wird?«

»Sehen Sie, wie schlecht es Ihnen geht, weil Sie zu uns nein gesagt haben. Sie sind einer von uns, Bedrosian Melchiade Baol.«

»Ich sagte nein.«

»Sie sagten nein, aber wir haben verstanden, daß es Ja war.«

Ich seufze. Die Gnocchetti haben recht. Es geht immer so aus. Ich werde Grapatax helfen. Wie sagen die Baolianer doch:

Das Leben ist wie das Wartezimmer eines Zahnarztes.
Es gibt immer einen, dem es schlechter geht als dir.

»Zunächst«, stelle ich fest, »bräuchte man eine Karte der Örtlichkeiten.«

»Wir haben mehr«, sagt Bobo und streckt sich aus dem Mantel hervor, »wir haben Verbindungen. Viele Freunde. Einen sogar im Untergrund der Hölle.«

»Dies ist der Name deiner ersten Verbindung«, sagt Nick, der flach auf dem Boden herausschlüpft und mir einen Notizblock reicht, »lern ihn auswendig und dann schluck alles runter.«

»Gib mir nur den Zettel mit dem Namen«, sage ich, »ich habe keinen großen Hunger.«

»Viel Glück, Freund Baol«, sagt Raul heiter und reicht mir die Hand von Bobo, »ich bin sicher, daß wir mit deiner Hilfe gewinnen werden und das tyrannischdiktatorischzynischluxuriöse Regime und seine kapitalstilistischnazinformatischwirrwarrkathodischpanische Unterdrückung niederschlagen werden.«

9.

An jenem Morgen wachten einige Parteibonzen mit schlechter Laune auf.

Muck, Parteibonze der Verrückten Pfaffen, hatte erneut einen erotischen Traum gehabt und sowohl das Bett und die Zimmerdecke als auch die Leibwachen naß gemacht.

Badaloni, Parteibonze der Männätscher Gottes, wurde unterrichtet, daß das Pray-In an der Autobahn, der ersten Turbokirche, bei einer Schlägerei zwischen parkplatzsuchenden Gläubigen zerstört worden war.

D'Antoine, Parteibonze der Nimmersatts Senior,

wachte mit explodiertem Lifting auf, und die einzelnen Teile waren nicht einmal numeriert.

Enea, Parteibonze der Nimmersatts Junior, hatte die ganze Nacht um die Hand Aldobrandinas, der Tochter des Bakelitkönigs, angehalten, und nachdem er sie erhalten hatte, bemerkt, daß die Aktien der Bakelit um 3.4 Punkte gefallen waren, während die Aktien seiner Ex-Verlobten Olga, Tochter des Tomatenkönigs, um 7.6 Punkte gestiegen waren.

Bazuro, Führer der Hofnarren des Regimes, hatte gehört, daß die Einschaltquote seiner Show auf 80 gefallen war, und sein Blutdruck stieg auf 220, und als er dann noch erfuhr, daß das Gehalt seines Erzrivalen Craputo auf 240 erhöht worden war, fiel sein Blutdruck schlagartig auf 30 und ihm wurden 100 Tropfen Coramina, 10 Tage Ruhe und 200000 Mark Strafe verordnet.

Birone, Führer der Entschädigten Moralisten, war die ganze Nacht aufgeblieben, um einen Verriß über das Buch eines jungen Autors zu schreiben, bis er schließlich merkte, daß das Vorwort von ihm selbst stammte.

Bucci, Führer der Weltfremden Intellektuellen, hatte mit ansehen müssen, daß seine drei Werbesprüche für eine Ringelnudelsorte abgelehnt worden waren.

Andreopoulos, der Parteibonze der Profikiller, hatte die ganze Nacht vom Fenster aus auf Transvestiten geschossen, jedoch keinen einzigen erwischt.

Aber vor allem Enoch, der große Parteibonze der Industriellen, hatte eine niederträchtige Nacht in seinem Bunker im hundertsten Stock des Royal-Enoch-Hotels verbracht. Um drei hatte er die Nachricht erhalten, daß zwei seiner Öltanker zusammengestoßen waren. Das war schon das zehnte Mal in diesem Monat. Machten sie das mit Absicht? Oder gibt es vielleicht eine Brunftzeit, in der sich Öltanker paaren?

Verfolgt von diesen Zweifeln, schlaflos und aufgeregt, hatte er aus Versehen den Alarm im Bad ausgelöst. Vier Leibwächter stürzten herein, und da das Bad verspiegelt war, schossen sie aufeinander.

Um vier hatte er die Nachricht bekommen, daß sich der Mittelstürmer seiner Fußballmannschaft, der famose Kerbenow, das Schienbein gebrochen hatte, als er mit Mannschaftskameraden Hexenjagd spielte. Dann schaute er Fernsehen, doch die Programme gefielen ihm nicht. Das Fernsehangebot hatte Laufmaschen. Hier und da nahm man Mißtrauen und Trübsinnigkeit wahr, Langeweile und sogar (welch Horror!) Leiden: in der Pause eines Sängers, mitten im Satz eines Interviewten, im Blick eines Journalisten. Wo war die Euphorie des drittreichsten Landes der Welt? Sabotage? Sattheit? Virus?

Er ließ sich sofort den Chefkomponisten Baldini ans Telefon holen. Aber Baldini antwortete nicht. Schlegel war am Apparat, der Chef der Inneren Sicherheit.

»Also haben Sie es schon gehört?« sagte Schlegel.

»Was gehört?«

»Der Chefkomponist Baldini wurde vor einer Stunde tot vor seinem Bildschirm aufgefunden. Wir vermuten ein Attentat.«

»Die Waffe?«

»Eine Bombe und ein Schweizer Offiziersmesser.«

»Wir müssen ihn sofort ersetzen«, sagte Enoch, »diesen Sektor können wir keinen Augenblick unbesetzt lassen. Was halten Sie von Atharva?«

»Mit allem Respekt, damit bin ich nicht einverstanden.«

»Weshalb?«

»Seiner Vergangenheit wegen. Die Vergangenheit ist, wie Sie wissen, wie manch ein Gefolterter. Zählebig.

10.

Die Glühbirne in meinem Hotelzimmer ist durchgebrannt, oder vielleicht hat sie sich umgebracht. Es muß sehr hart sein, Orte wie diesen zu beleuchten. Deshalb lese ich die Zeitung mit etwas Licht, das ich leihweise von der Straße nehme. Ich lese vom Preis der Preise und von der garantierten Präsenz aller unserer Lieblinge, um uns einen unvergeßlichen Abend zu schenken. Ich lese von einem zehn Jahre alten Flugzeugabsturz, mit dem der Wettbewerb »Wer hat es abgeschossen?« verbunden wurde. Stadtnachrichten: Ein Verrückter Pfaffe ist in eine Abtreibungsklinik eingedrungen und hat eine ganze Abteilung mit Maschinengewehrsalven übersät.

Er sagte, die Stimme Gottes habe ihn geleitet. Ich hatte auch mal einen solchen Freund. Manchmal hörte er Gottes Stimme vom Himmel »Lucille« von Little Richard singen. Dann mußte er in sein Auto springen und so lange mit hundertachtzig über die Autobahn rasen, bis er die Stimme nicht mehr hörte. Doch hat er nie jemanden umgebracht, von den drei- bis vierhundert Katzen abgesehen. Ich hatte viele seltsame Freunde. Ein Baol schließt schnell Freundschaft, denn eine der ersten Sachen, die man im Tempel gelernt hat, ist, wie man mit jedem sofort ins Gespräch kommt (was besonders in diesen Zeiten nicht einfach ist).

Als letztes lese ich den Nachruf auf einen bekannten Folterknecht. Eine Welt der Stämme, in der jeder seine Toten beweint. Muß ein Baol seine Feinde hassen? Die Baoldoktrin ist an dieser Stelle nicht eindeutig. Selbst der Begriff Baol ist nicht eindeutig. Der Dichter Heshi faßte das Wesen des Baol in diesen Versen zusammen:

Und des Nachts
des Nachts
gefällt es uns zu laufen.

Der Meister Kara faßte das Wesen des Baol in Baol wu shi zusammen, das ist die Kriegskunst des feigherzigen Baol oder die Würde des Fliehenden. Er erfand sieben Stile:

Der Stil der Schildkröte (schließ dich ein und komm nicht mehr raus)
Der Stil des Geparden (flieh auf einen Baum oder eine hohe Stelle)
Der Stil der Krabbe (lauf rückwärts)
Der Stil des Käfers (versteck dich unter irgend etwas)
Der Stil der Fliege (stell dich tot)
Der Stil des Hasen (hau so schnell ab wie du kannst)
Der Stil des kleinen Elefanten (ruf sehr große Freunde zur Hilfe)

Auf diese Weise schlug er sich zweihundertzwölfmal und wurde nie eingeholt noch getroffen. Das zweihundertdreizehnte Mal griff er eine größere Anzahl Feinde an und machte Hackfleischklopse aus ihnen. Warum bist du diesmal nicht abgehauen? fragten sie ihn.

»Ich fühlte mich nicht gut«, antwortete er.

Ausgebreitet auf dem Bett, meditierte ich über diese schwierige und ärgerliche Eigenschaft meiner Philosophie und der Philosophien im allgemeinen. Ich hörte den Gospel der Krankenwagen und der Hupen, hörte die Federn des Bettes ächzen, spürte die sich verzehrenden Sterne und die Gezeiten von Hunger und Sattheit in Millionen von Körpern, spürte die endlosen Verstrikkungen, die sich in jenem Moment formierten, damit ich mich meinem Geheimnis zuwenden konnte. Mir drehte sich der Kopf von den vielen Kräuterschnäpsen, die ich an jenem Abend und in den dreißig Jahren zuvor zu mir genommen hatte. Ich setzte mich in die Bettlerhund-mit-Futternapf-im-Maul Baolposition und wartete. Das Waschbecken sang heiser. Die alte Wienerbaum-Tapete hypnotisierte mich mit ihrer Geometrie. Ich begann kleine schwarzweiße Dinge mit Antennen darauf herumrennen zu sehen. Dann schien es mir, als ob ein Geist ins Zimmer gekommen wäre. Er war weiß-blau angezogen und sagte etwas in höflichem Ton. Daraufhin wendete er sich meinem Bett zu und veranstaltete dort mit schnellen und anmutigen Bewegungen einen Tanz der Bettlaken. Er ließ sie in einer Art in die Luft fliegen, um sie dann wieder fallen zu lassen, wie es eben nur Geister mit Bettlaken verstehen. Am Ende des Tanzes war das Bett, das zuvor noch die unordentlichen Spuren meiner Schläfe und Alpträume getragen hatte, in geheimnisvoller Weise glatt und sauber. Der Geist hatte die Ruhe seiner unfaßbaren Welt gebracht. Als er dies vollendet hatte, schaute er mich lange an, als ob er nun meinerseits eine Geste erwartete. Dann entschwand er, wobei er irgend etwas murmelte. Die Zeit verging langsam. Jetzt werde ich Ihnen von meinem Geheimnis erzählen.

Seit ich auf der Welt bin, haben mich die Dinge verlassen. Das ist nicht weiter ungewöhnlich. »Sich begegnen und sich trennen sind die einzigen und notwendigen Bewegungen, aus denen unsere Reise in der Leere besteht« (Baolian, zweites Buch, S. 184). Aber bei mir war das anders. Mich haben die Dinge immer und ausschließlich verlassen.

Als ich klein war, spielte ich mit Freunden auf den damals noch baumbestandenen Straßen der Stadt. Unsere Spiele waren in der Regel Autoreferenzialspiele (unter uns Kindern sagte man das so). Wir waren Puppenspieler und Puppen, Generäle und kleine Soldaten, Ingenieure für Murmelpisten, Abstecker von Schranken und Grenzen. Es waren Spiele, die erfunden und koordiniert werden mußten, in denen man also einen Kreativen und einen Organisatoren brauchte. Ich war in beiden Sektoren gut (nehmen wir an, ich war der Sheriff und Sie die Indianer, die mich gefangennahmen, und ich entkam und ließ den Staudamm einstürzen, und das Wasser spülte uns alle weg, und ich machte die Überschwemmung mit einem Eimer). Und genau dann, am schönsten Punkt der Spielvorbereitung, während ich ganz rot und verschwitzt herumrannte, um Indianerfedern und Wassereimer zu finden, schaute ich mich um und...

Verschwunden.

Alle meine Spielkameraden waren verschwunden. Ich suchte sie in Straßen und Gassen, doch ich fand sie nicht mehr. Vielleicht ließen sie sich nach einem Monat wieder sehen. Und dann verschwanden sie aufs neue.

Warum?

Mit vierzehn Jahren teilte ich meinen Eltern mit, daß ich beabsichtigte, Baol zu studieren. Schon seit einiger Zeit hatten sie bemerkt, daß ich für das normale Leben nicht geschaffen war, und kamen überein, daß es nichts Schöneres gebe als einen Sohn, der seinen Weg geht. Ich packte die Koffer. Bewegt wollte ich mich von meinen Eltern verabschieden und...

Verschwunden.

Ich fand sie weder im Haus noch sonstwo und setzte eine Anzeige in die Zeitung: »Zwei Eltern sind verlorengegangen. Kleidung: sie ein vigognes Kostüm und einen Hut mit Drontedaunen, er einen geriffelten

Schlafanzug mit weitem Eingriff und murmeltierförmige Pantoffeln. Sie reagieren auf die Namen Bedropia und Bedenek. Wer etwas weiß, wird gebeten ...«

Nie eine einzige Nachricht. Warum? Und doch weiß ich, daß sie mich gern hatten.

Ich hatte einen sehr guten Freund namens Piotr. Wir traten gemeinsam bei den Stadtstörern ein und warfen Kräuterschnaps-Molotows und mittelalterliche Pfeile, sabotierten Ampeln, plünderten Papiergeschäfte, knackten Flipper, köpften Telefone, befreiten Nerze, setzten Jungfische aus, klebten Plakate, verprügelten Gegner, warben Anhänger, bekämpften Missiles, züchteten Cannabis, entführten Juweliere, liebten, kämpften, glaubten. Ich inspirierte seine Aktionen und er meine. Meine Frauen waren auch seine, ob ich es wollte oder nicht. Eines Nachts waren wir zusammen unterwegs, um auf die Mauern der Stadt »Mörder!« zu schreiben. Nach uns kam das politische Komitee und fügte die Namen der ausgewählten Schandkerle hinzu. Wir waren gerade dabei, die Kaimauern am Fluß anzumalen, als wir Polizeisirenen hörten.

»Laß uns abhauen!« schrie ich. Doch niemand antwortete.

Verschwunden.

Als die Polizei mich festnahm, kam mein Freund Piotr mir nicht zur Hilfe.

Warum?

Im Gefängnis schloß ich mit einem starken Typen Freundschaft. Er hieß Candido. Ein hartes Leben. Mit sechs kam er ins Gefängnis, weil er ein Karussell geklaut hatte. Er weigerte sich (A) zu sagen, wie er es gemacht hatte und (B), wo er es versteckt hielt. Im Gefängnis entdeckte er seine Leidenschaft für Kreuzworträtsel. Dank dieser promovierte er in Geographie und wurde ein ordentlicher Bürger. Vollkommen resozialisiert wurde er entlassen, abgesehen von einer kleinen Idiosynkrasie. Er vertrug es nicht, wenn man sagte: »Es ist zwecklos, daß ich Ihnen sage ...« oder auch »Ich muß Sie sicherlich nicht daran erinnern, daß ...«. Er schlug sechzehn in einem Monat zusammen. Sie steckten ihn wieder rein. Er verbüßte die Strafe. Als er erneut entlassen wurde, sagte der Gefängnisdirektor zu ihm: »Es ist wohl zwecklos, wenn ich Ihnen sagen, daß wir hoffen, Sie nicht wiederzusehen.« Er erwürgte ihn.

Zu »lebenslänglich« verurteilt, fing er an, Streichholzfiguren zu bauen (meistens Galeonen). In der Zelle wurden wir Freunde und erarbeiteten ein großes Projekt: Die Weltgeschichte in Streichholzformat. Wir bereiteten alles lange vor und eines Nachts, wir waren sehr aufgeregt, beschlossen wir, am nächsten Morgen mit »Der Erschaffung des Menschen« zu beginnen.

Am nächsten Morgen war Candido nicht mehr da. Verschwunden. Ausgebrochen.

Warum?

Dann lernte ich sie kennen. Alice. Alice Auck. Sie erinnern sich an den Namen. Ich habe Ihnen schon von ihr erzählt. Groß, blond, etc. Ich traf sie in dem Lokal, in dem wir beide als Zauberer arbeiteten. Nach der Show gab es eine regionale Ausscheidung des Wettbewerbs »Goldenes Popöchen«. Es liefen Ärsche in Ku-Klux-Klan-Mänteln herum. Man konnte sich kaum unterhalten. Da wir nicht in der Jury saßen, lud ich sie zum Tanzen in den kleinen Saal ein, wo das Orchester spielte.

Ich sagte zum Pianisten: »Spiel mir das Übliche, bitte.«

Er setzte zum Perry-Mason-Thema an, der Erkennungsmelodie zu meiner Nummer mit der Gans. Es war nicht das, was ich wollte, aber wir tanzten trotzdem.

Ich erzählte ihr mein Leben bis zum dreißigsten Lebensjahr.

Das Orchester spielte: »Man sagte mir, daß dir Jungs mit Tolle gefallen«.

Sie erzählte mir ihr Leben bis zum zweiundzwanzigsten.

Das Orchester spielte »Zobie la mouche«.

Ich erzählte ihr mein Leben von dreißig aufwärts.

Das Orchester ging schlafen.

Ich versuchte sie zu küssen, und sie sagte nein, ich bitte dich, nicht jetzt, und ich fragte sie warum?, sie sagte, weil ich will, daß es im richtigen Augenblick geschieht, und ich sagte ihr, daß dies der richtige Augenblick sei und versuchte sie wieder zu küssen, und sie sagte nein, ich bitte dich, nein, nicht jetzt.

Die Putzfrau sang »Nessun dorma«.

Ich drückte sie fester, und sie entzog sich meiner Umklammerung nicht, so daß ich ihr Herz mit meinem schlagen hören konnte. Ich sagte zu ihr: Ich habe noch nie eine Frau wie dich kennengelernt, und sie ebenfalls.

Das Orchester war zurückgekommen und spielte was von den Guns 'n' Roses.

Plötzlich, während ich ihr mein sechsunddreißigstes Lebensjahr erzählte und im besonderen einen Umzug, bei dem mir sehr teure Socken verloren gegangen waren, sah ich den richtigen Moment sich auf ihrem Gesicht abzeichnen: Ich küßte sie und sie mich ebenfalls.

Das Orchester applaudierte lange, und der Kontrabassist kam persönlich gratulieren.

Dann sagte ich: Gehen wir zu mir oder zu dir?

Nein, ich bitte dich, sagte sie, beim ersten Mal soll es an einem besonderen Ort stattfinden.

Ich wohnte in der Pension Stern im Zimmer sechs, sie im Zimmer sieben. Wir nahmen Zimmer acht, mit Doppelbett, Bad und Aussicht auf Bierkästen.

Wir liebten uns zwei Jahre, sechs Monate und drei Tage. Sie stand jede Nacht auf und ging zum Fenster. Ich erinnere mich an sie, wie sie da stand mit nacktem Rücken, das Bettuch wie eine Statue um die Nieren, die Haare in einer überströmenden Welle von Glanz, die Lichter der Nacht, ein Finger, der undeutliche Figuren auf das beschlagene Fenster malte.

Das Quietschen weckte mich, und ich fragte sie: »Schläfst du?«

Und sie: »Nein.«

»Denkst du?«

»Ja.«

An dieser Stelle schlief ich wieder ein. Hätte ich vielleicht bei ihr bleiben sollen? Hätte ich sie fragen sollen, an was sie dachte?

Eines Nachts trank ich sieben Tassen Kaffee, um wach zu bleiben. Ich hörte sie aufstehen und ans Fenster gehen. Sie schien traurig, vielleicht weil das Fenster diesmal nicht beschlagen war und sie nichts draufmalen konnte. Auch das Bettuch hatte sie vergessen.

»Schläfst du?«

»Ja«, sagte sie.

Ich dachte ein wenig darüber nach und schlief wieder ein. Vielleicht hatte sie mir etwas sagen wollen, und ich hatte es nicht verstanden. Auch in diesem Augenblick war ich nicht bei ihr geblieben. Als ich am Morgen aufwachte, war sie weg. Verschwunden. (Warum?) Der Portier meinte sogar, er hätte immer geglaubt, daß in unserem Zimmer nur eine Person wohnte. Wohin war sie gegangen. Und doch war ich mir sicher, daß sie mich liebte. Ist das vielleicht das Geheimnis meines Baollebens?

Viel Zeit ist vergangen. Seit damals bin ich immer allein geblieben. Allein wie jetzt, während ich meinen rötlichen Sas über die gräuliche Autobahn lenke, die aus der Stadt führt, aus dem Wirrwarr in Richtung Ruhe. Durch Staub und Rost, die in der Luft schweben, dorthin, wo weder Stadt noch Land ist, weder Blumen noch Wüste, wo eine prähistorische Sonne chemische Farben erleuchtet. Ich fahre an den Konzentrationslagern für Drogensüchtige vorbei und an den Drogensilos. Ich bin auf dem Weg zu den Palästen des Paradieses.

Das Radio krächzt üblen Rock. Hubschrauber summen in der Luft. Vielleicht wird es regnen.

II.

Der Komponist Baldini war in der Mitte geteilt, so als ob eine riesengroße, vom Himmel kommende Axt ihn die Wirbelsäule entlang tranchiert hätte. Die linke Hälfte saß mit ganz normalem Gesichtsausdruck auf dem Sessel, und seine linke Hand lag noch auf der Tastatur des Mix. Einbalsamiert und ins Profil gesetzt, hätte vielleicht niemand gemerkt, daß er tot war. Die rechte Hälfte war ein paar Meter weit geschleudert worden, hatte sich auf schreckliche Weise verdreht und ein Schmerzenskrampf verzerrte den halben Unterkiefer.

»Schock der linken Gehirnhälfte, die mit der rechten

Körperhälfte korrespondiert«, sagte der Arzt, »so blitzschnell, daß der Schmerz den anderen Teil des Körpers nicht erreicht hat. So ist der Tod durch den Rasiermesserhieb eines Lasers.«

»Man kann also sagen«, lächelte Atharva, »daß er zur Hälfte glücklich gestorben ist.«

»Kann man«, gab der Arzt zu, während er mit ernster Miene seine Instrumente in die halbe Languste des Hemileichnams tauchte.

Atharva konsultierte fieberhaft die Daten der letzten Arbeiten Baldinis. Baldini war für die Verteidigung des Informationssystems gegen Viren, in primis Realitätsviren, zuständig. Zuletzt war er etwas deprimiert gewesen, da ein mysteriöser Virus neunzig Millionen Daten über die Fußballmeisterschaften von 1960 bis 1980 zerstört hatte. Zum Glück kannte er alle Ergebnisse auswendig. Doch der Mißerfolg hatte ihn nervös gemacht. Aber mit dieser extremen Reaktion hätte niemand gerechnet.

»Ist das die Nachricht, die ihr gefunden habt?« fragte Atharva.

»Ja«, sagte der Polizist, »sie war im Drucker des Kompiuters.«

DIE SHAMA-RACHE – GIB DER POLIZEI VERSCHIEDENE STIMMEN – LEBWOHL VERONICA LAKE!

»Wer soll da was verstehen?« sagte der Chef der Inneren Sicherheit, Hauptmann Schlegel.

»Mir scheint alles vollkommen klar. Er hat sich mit dem Laserzeichner umgebracht, indem er den Strom umgedreht hat. Er wußte, wie das geht«, sagte Atharva.

»Ich meine die Nachricht. Meiner Meinung nach

wollte er uns etwas mitteilen. Hier haben die Shama ihre Hand im Spiel.«

Atharva lachte unmäßig. Der Hauptmann gab ihm ein Zeichen, daß er aufhören solle.

»Und der Satz über die Polizei? Und Veronika Lake?«

»Sie war seine Lieblingsschauspielerin. Er steckte ihr Hologramm in jeden Film. Er hatte auch eine mechanische Gummipuppe, die so aussah wie sie. Abends ging er mit ihr aus. Ich erinnere mich, daß sie einmal bei einer Theaterpremiere die Luft verlor, und das Geräusch war sehr beunruhigend.«

»Ich sage Ihnen, das hier war ein Shamaattentat«, sagte Schlegel düster und ging mit verärgerter Miene hinaus, den Schweif der Uniform hinter sich herziehend. Atharva lachte erneut. Er warf einen Blick auf den Kompiuterpark im Saal. Seinem geschulten Auge entging keine Einzelheit.

»Warum sind Sie so sicher, daß es kein Attentat war?« fragte der Arzt, »stimmt es etwa nicht, daß einige heimlich eingewanderte Shama-Aktionen gegen uns planen?«

»Stimmt genau«, sagte Atharva, »und ich werde die Sache in die Hand nehmen.«

»In welchem Sinne?«

»Ich werde die Shama in die Stadt kommen lassen. Ich werde sie Angriffe starten lassen, Entführungen, Attentate, etc. Aber ich habe noch nicht begonnen. Also können sie es nicht gewesen sein, die Baldini umgebracht haben. *Sie* sind noch in meiner Kassette.«

»Was soll das heißen?« fragte der Arzt erstaunt.

»Ganz einfach. Die Shama existieren nicht mehr.«

»Sie kennen die Shama doch. Sie sind grausam und Atheisten, mit ihrer Kriegsmalerei, mit ihren zügellosen sexuellen Sitten, ihren ansteckenden Krankheiten. Seit Jahren wird ihr Bruderkrieg liebevoll von unseren Informationsorganen verfolgt. Wenn man sich ihre Massaker anschaut, vergißt man alle anderen Kriege. Alle Kriege scheinen begründet, verglichen mit der Grausamkeit der Shamakriege. Sie beschießen sich mit brennenden Föten, foltern sich mit chemischem Gas, vergiften Hamburger, Wasserleitungen, Aletenahrung, die Shama rechtfertigen die gewissenhaften Handlungen der Polizei, die gehörigen Unterdrückungen, unsere hochheiligen Repressalien. Wenn wir uns eine unserer vortrefflichen Militärparaden anschauen, können wir dann glauben, daß dies die gleichen Waffen sind, die im Shamakrieg eingesetzt werden? Nein, sicher nicht.

Wollen Sie die Wahrheit wissen, Doktor?

Der Krieg im Land der Shama begann vor zwanzig Jahren, als die Pápara entdeckt wurde. Die Pápara ist ein Baum, dessen Rinde die Shama immun gegen Infarkte machte, ihnen eine starke sexuelle Potenz verlieh und sie im Durchschnitt hundertzwanzig Jahre alt werden ließ. Da der Präsident der Shama sich widersetzte, die Páparaplantagen zu verkaufen, tat unser Land gut daran, seine Gegner aufzurüsten. Seinerseits wurde der Präsident von einem anderen Land aufgerüstet. Sechsunddreißig Länder mischten sich in den militärischen Hilfswettkampf der Shamafraktionen ein. Zu Kriegsbeginn kamen auf einen Bewohner dreieinhalb Panzer.

Der Krieg dauerte zwei Wochen. Kein einziger Shama überlebte. Doch die Pápara stellte sich als ein Mißerfolg heraus.

Die Markteinführung für ›Die ökologische Nahrung der Erde‹ war bereits fertig geplant, da entdeckte man, daß sich die heilsame Wirkung nur dann einstellte, wenn man mindestens fünf Kilo pro Tag davon aß. Für die Shama war dies kein Problem, denn die Pápara war ihr einziges Nahrungsmittel. Für einen zivilisierten westlichen Konsumenten war dies jedoch unmöglich, nicht zuletzt weil die Pápara eine Mischung aus Löschpapier und Stockfisch ist, mit einem leichten Geschmack nach Fäkalien. Hunderte von Tonnen Pápara verfaulten in den Geschäften. Aber es entstand ein noch viel dringlicheres Problem. Wie sollte man die fürchterlichen Bilder des Shamakrieges ersetzen, der so schön die Abscheu der Zuschauer erregt hatte? Wie sollte man auf Sprüche verzichten, die mittlerweile in der Umgangssprache gängig waren, wie: ›Wir sind doch nicht Shama‹ oder ›Benimm dich nicht wie ein Shama‹? Einfach.

Der Krieg wurde mit Realitätskomponenten verlängert. Dem Repertoirematerial wurden Studioszenen hinzugefügt. Eine Equipe militärischer Bühnenarbeiter sorgte für die verschiedenen Folgen. Seit vier Jahren wird der Krieg immer irrsinniger und grausamer. Aber er existiert nicht. Wir erfinden ihn jeden Tag. Es gibt viele echte Kriege, über die wir leicht hinweggehen können. Der Shamakrieg hingegen muß weitergehen und die nächste Folge ist, wie Sie schon sagten, die Invasion unserer Städte durch blutrünstige Shama.

Attentate, Sabotagen, Morde. Alles auf meiner Kassette. Demnächst auf Ihrem Bildschirm.«

»Geschichten«, sagte der Arzt und sammelte eilig seine Instrumente zusammen, wobei er Atharva ängstlich betrachtete. Er hatte ihn immer seltsam gefunden. Im medizinischen Archiv gab es keine Notizen über ihn. Niemand hatte jemals mehr von ihm gesehen als dies bißchen Gesicht, das aus der bizarren Kleidung herausschaute. Er war nie krank gewesen. Und vielleicht... Es war besser, sich aus dem Staub zu machen.

Während die Polizisten die toten Überreste Baldinis forttrugen, schlüpfte Atharva leise in den kleinen Saal der Privatkompiuter.

Er erkannte sofort den alten PC des Chefkomponisten, auf dem ein Foto von Veronika Lake und Nordstaatler-Zinnsoldaten standen. Zu seiner größten Zufriedenheit stellte er fest, daß er noch eingeschaltet war und der Bildschirm eine Liste von Sprachen zeigte. Er ließ die Liste durchlaufen:

Atarian, Atman micro, Atman giant, Bold, Cheapstone, Difensive Surgeon, Difensive Zero, Duluth, Eat, Eliot One, Eliot Two.

›Er gibt der Polizei verschiedene Stimmen‹, dachte Atharva, ›die erste Version von Eliots *Das Wüste Land.*‹

Eliot One. Parodistische Sprache für falsche Grabreden von Staatschefs. Paßwort für die Kompositionen: zwei Wörter.

Viel zu einfach: *Veronika Lake,* tippte Atharvas Finger.

Nach wenigen Sekunden erschien Baldinis Geheimnachricht auf dem Bildschirm: »Für jeden, dem es gelingt, mein Testament zu dechiffrieren. Ich bringe mich um, weil ich den Horror der letzten Shamafilme nicht mehr ertragen kann. Sie sind anders als die anderen! Es ist irgendwas im Gange, und ich weiß nicht mehr was. Meine Veronika vermache ich Doktor Grabinsky, damit er sie zu seinem Knetgummi-Schwarzenegger stellen kann. Habe Gott Mitleid mit meiner abscheulichen Seele. Der Parteibonze ist ein Schwein! Addio.«

Atharva blieb gleichgültig. Mit einer kurzen Operation löschte er für immer das Gedenken an das Testament aus dem Kompiuter und aus der Pietät der Menschheit.

12.

Als ich im Paradies ankam, dem Viertel mit den Gebäuden der Nationalen Showanstalt, entluden Dutzende von Autobussen menschliche Wesen für die Proben. Eine große Leuchttafel zeigte die Eingänge für die Auswahlen und die letzten Einschaltquoten an. Meine Kontaktperson sollte an Eingang vier kommen, den für Saxophonisten, Kopfstandgeher und Gebildetes Publikum. Dutzende von Jungen und Mädchen in T-Shirts mit der Aufschrift »I love Sonfiero« und Polizeikappen aus den Fünfzigern drängten sich vor ein paar mit Pillen vollgestopften Polizisten zusammen. Sie schrien in allen Tonarten, von hysterisch bis erschöpft.

Es war nicht leicht, zwischen den Fans durchzukommen. Ehe ich mich versah, war ich halb umarmt von einem vollgestopften Pummelchen, das, um besser zu sehen, die Gelegenheit wahrgenommen hatte und mir auf die Schulter gesprungen war.

»Bin ich zu schwer?« fragte sie wohlerzogen und steckte mir dabei einen Turnschuh in den Mund.

»Machen Sie es sich nur bequem«, antwortete ich, »wer ist dieser Sonfiero?«

»Was, du kennst Sonfiero nicht? Sonfiero Diesser, der aus ›Mein Dorf‹, ›Ohne dich halt ich's nicht aus‹, ›Ein großes Mädchen wie du‹, ›Polizisten-Liebe‹, ›Es ist wahr, daß dein Herz manchmal flieht‹, ›Die Liebe ist eine Möwe‹ …«

»Gibt er ein Konzert?« schnitt ich sie ab.

»Nein«, sagte das Pummelchen, »wir warten auf die Aufnahmeproben, aber er wird nicht dasein. Sie lassen nur seine Musik laufen und wir schreien, brüllen, schneiden Fratzen, spielen verrückt. Dann, wenn wir die Enthusiastenprobe bestehen, kommen wir in die Fernsehaufzeichnung für das Konzert. Mir wird schon ganz flau, wenn ich nur daran denke … würden Sie mich bitte werfen, so gewinne ich ein paar Meter.«

Ich warf sie.

Ich versuchte, mich wie ein Statist zu verhalten und ging ein bißchen herum, inmitten von Hunderten von Aspiranten, die Tanzschritte, hohe Töne, die Imitation von Fröschen und Witze übten. Ich geriet unter die Paare, die für die Auswahl von »Family Match«, der Live-Streitshow, vorgesehen waren. Sie waren gerade beim Training. Um Haaresbreite entkam ich dem Krallenhieb einer Hausfrau und der Spucke eines Schwiegervaters. Seitdem ich nicht mehr im Showbiz arbeitete, hatte sich viel verändert. Ein großer Lastwagen fuhr lautstark vor. Durch die Ritzen der Bretter sah ich ungefähr fünfzig Models, dichtgedrängt, eine neben der anderen. Eine versuchte ihre Hand zwischen den Brettern durchzustecken, um mich auf sie aufmerksam zu machen.

»Wasser«, hauchte sie.

Aber der Lastwagen startete wieder und fuhr mit voller Geschwindigkeit durch das Gittertor ins Paradies.

»Hier gibt es wirklich alles, was?« sagte eine tiefe Stimme hinter mir.

Ich drehte mich um. Ein schwarz gekleideter Mann, mager mit dünnem Schnurrbart und dem Äußeren eines Tangotänzers. Die Haare hatte er mit einem Gelstrom am Kopf befestigt. Sie glänzten so sehr, daß sich die Wolken darin spiegelten.

»Ja, wirklich alles«, antwortete ich.

Der Mann mit dem Himmel auf dem Kopf bot mir eine aromatisierte Zigarre an, die er mit einem perlenüberzogenen Zippo anzündete. Der Nagel seines kleinen Fingers war lila lackiert, und er trug einen Ring aus Makadam. Ein wirklich schicker Typ.

»Es ist eine wahre Baolkonfusion«, sagte der Mann.

»Wie haben Sie mich erkannt?« fragte ich leicht überrascht.

»In meinem Beruf habe ich gelernt, die Leute zu sichten. Gestatten? Ich bin Amadeus Polytropus, Regierungsplauderer ersten Ranges. Gehen wir etwas trinken?«

Wir setzten uns ins Freie vor eine Bar und bestellten einen Fernod und einen Pernet. Wohlwollend lächelte er mich an. Er sah überhaupt nicht wie ein Agent der Rebellen aus (was bewies, daß er einer war).

»Ich wußte, daß es Regierungsplauderer gibt«, sagte ich, »aber ich habe noch nie einen kennengelernt.«

»Natürlich nicht«, sagte Polytropus, »unser Metier ist höchst geheim. Unsere Aufgabe besteht darin, durch die Stadt zu gehen und zu plaudern. Mit unserem Plaudern das Tagesthema zu schüren. Zunächst die Ungestüme Polemik (Sie kennen die Journalistenregel: Wenn zwei Personen sagen, sie streiten für die eigenen Ideen, wird es so erscheinen, als hätten sie wirklich eigene Ideen), dann der Preis der Preise, das Geheimnis der Prinzessin, die Rede des Arschlochs, der Anonyme Brief. Über das Schüren hinaus müssen wir die Themen ausschalten, die schon seit zu langer Zeit von Interesse sind oder zu viele Fragen aufwerfen. Über alles müssen wir sprechen. Wir sind Sammler von Metaphern und Esprit. Und pöbelhafte Klatschtanten. Und Gesamtheitstheoretiker. Wir können jähzornig und liebenswürdig sein, kompetent und arrogant, präzise und lügnerisch. Wichtig ist, daß man schwätzt. Und vor allem, daß man sich nicht vom Geist der Tempel entfernt. Dafür werden wir bezahlt.«

»Und Spione seid ihr auch.«

»Natürlich«, sagte Polytropus schlürfend, »aber selten. Nicht immer ist es schlecht, wenn man schlecht spricht.«

»Und von was sprechen wir jetzt?«

»Sprechen Sie vor allem nicht leise. Machen Sie umfangreiche Gesten mit den Händen. Geben Sie sich leicht irritiert. Schütteln Sie ab und zu den Kopf, als Zeichen der Verneinung. Es könnte uns jemand kontrollieren. Sie entdecken sofort Unregelmäßigkeiten in der Unterhaltung.«

»Also!« sagte ich und setzte einen Finger auf seine Schulter, »wollen Sie mir nun sagen, wie ich einen Platz als Zauberer in dieser verdammten Show bekomme?«

»So ist es in Ordnung ..., also Ihr Mann, die interne Kontaktperson, arbeitet in der Kompositionsabteilung. Ich kenne nur seinen Codenamen: »Alice«. Warum machen Sie so ein Gesicht? Er wird Ihnen helfen können, zumindest am Anfang. Es gibt allerdings nur eine Methode, dort hineinzukommen: sich unter eine Probevorstellung zu mischen. Mal sehen, vielleicht ist etwas Passendes für Sie dabei?«

»Tänzerin?«

»Nein. Zu dicke Fesseln. Sie könnten Rock-Leibwache spielen. Haben Sie in den Spezialabteilungen von Freude und Revolution gekämpft?«

»Warum fragen Sie? Ihr wißt doch eh schon alles.«

»Sehr gut. Sie stellen sich am Eingang elf vor, fragen nach Serpente und geben sich zu erkennen.«

»Zu Befehl«, sagte ich und schüttete den letzten Schluck Fernod runter. Wir wollten gerade aufstehen, da verdunkelte der Umfang eines breitgebauten Mannes den Tisch. Er trug eine dünne, phosphoreszierende Krawatte und lächelte wie ein Engelchen. Der Blick allerdings war der einer Hyäne. Auf seiner Stirn hätte auch »Spion« stehen können.

»Lieber Polytropus«, sagte er, »darf ich mich an euren Tisch setzen?«

»Mein Freund wollte gerade zu einer Probe gehen«, sagte Polytropus ruhig.

»Ah gut, gut, ich sah euch so ins Gespräch vertieft«, sagte das Engelchen, »Sport, nehme ich an.«

»Selbstverständlich. Wir sprachen vom harten Spiel.«

»Und was hält dein Freund davon?« sagte das Engelchen mit einem forschenden Blick.

»Fußball ist ein Männersport«, sagte ich, »und ein Profi verdient einen Batzen Geld. An dessen Stelle möchte ich sein, und außerdem fange ich auch nicht gleich an zu heulen, wenn ich eins vors Schienbein bekomme ... wissen Sie, was die an einem Tag verdienen? Das, was ich in einem Monat verdiene ... und in welchem Beruf kann man sich schon mit zwanzig einen Porsche und eine Villa in den Bergen leisten und nur, weil man weiß, wie man gegen einen Ball treten muß? Und dann beschweren die sich auch noch! Daran ist nur das Fernsehen schuld. Ich erzähle Ihnen mal, was mir gestern passiert ist ...«

»Ich müßte eigentlich gehen«, schnaubte das Engelchen.

»Nein, nein, warten Sie ... also ich sprach gerade mit meiner Frau über diese Serie, ›Kampf um die Macht‹, Sie werden sicherlich die letzte Folge gesehen haben ... also da ist Ester, die gute Braunhaarige, die mit Nora, der bösen Blonden, einen Autounfall hatte und zunächst verbrannt scheint, doch sie kann sich retten und bekommt eine Gesichtsplastik, und ohne sich zu erkennen zu geben, geht sie zu Nestor, ihrem Mann, der ihr allerdings treu ist, ich meine derjenigen von vor dem Unfall, und versucht, ihn zu verführen, aber er sagt nein, also ist sie überzeugt, daß er sie noch immer liebt, und läßt sich eine neue Gesichtsplastik machen, um so wie vorher auszusehen. Nestor hingegen ist verzweifelt, denn er weiß nicht mehr, ob er sie oder die mit der Plastik liebt und kommt mit dem Auto von der Straße ab und bekommt auch eine Gesichtsplastik, mit der er wie ein Mexikaner aussieht, und dann kommt sie mit dem alten Gesicht zurück und sieht ihn mit dem neuen und will ihn nicht mehr. Und wissen Sie, was meine Frau behauptete?«

»Wir sehen uns«, sagte das Engelchen und verschwand mit drei Sprüngen in der Menge.

In aller Bescheidenheit, wenn ich will, kann ich auch ein guter Plauderer sein.

13.

Am Eingang elf fragte ich nach Serpente. Er war tätowiert, kaute einen (sogenannten) amerikanischen Kaugummi und trug eine (sogenannte) Windjacke, während wir in der (sogenannten) indischen Schlange darauf warteten dranzukommen.

Vor uns stand ein blasser Junge in einer riesigen Jacke, auf die ein keltischer Rockmusiker aufgemalt war, der eine Gitarre nach Art eines Zweihänders schwang.

»Glaubst du, daß mein Leben sich heute ändern wird?«

»Davon bin ich überzeugt«, antwortete ich.

Wir waren an der Reihe. Der Serpente musterte den blassen Jungen mit einem müden Blick.

»Was hast du bis jetzt gemacht?« fragte er.

»Ich war Statist in brutalen Rollen, vor allem als Vergewaltiger, allein oder im Kollektiv, dreimal war ich Zombie, ich war bei ›Neue Stimmen‹ mit meinem Stück ›Liebkosungen‹ dabei, ich habe den Überfahrenen in einem progressiven Werbespot über das Autofahren in alkoholisiertem Zustand gespielt. Ich bin Mime, Bühnenbildner, Käfer...«

»O. k., Schöner. Warst du auch schon mal Leibwächter?«

»Ich habe den braunen Gürtel in Karate: Ich habe bei Meister Albano Pesci, diplomiert in Okinawa, studiert...«

»Das reicht nicht, wir können dich nicht gebrauchen.«

Der Junge fing an zu keuchen und ballte die Fäuste. Ich dachte, er würde auf der Stelle mit einer Karatevorführung beginnen. Doch er brach in Tränen aus.

»Wenn Sie mich nicht nehmen, schlucke ich zwei Rasierklingen«, schrie er.

»Verschwinde«, sagte der Serpente.

»Ich schwör's dir, Bastard, ich schwör's dir. Entweder läßt du mich vorbei, oder ich schlucke zwei Rasierklingen.« Keuchend kramte er in seinen Taschen.

»Auf, beruhige dich«, sagte ich.

»Nein! Der hat es auf mich abgesehen, dieser Bastard. Es ist schon das zweite Mal, daß er mich aussondert. Nicht einmal als Lageropfer wollte er mich. Aber jetzt bring ich mich hier vor allen um. Hätten Sie freundlicherweise einmal zwei Rasierklingen, mein Herr? Ich hatte welche in der Tasche, aber ich finde sie nicht mehr...«

»Tut mir leid«, sagte ich, »ich esse nur Elektrorasierer. Es ist wohl besser, wenn du nach Hause gehst und dich beruhigst.«

Man brauchte ihn nicht darum zu bitten. Auch weil ein Rasender in einem Overall ihn am Arm packte, ihm diesen verdrehte und ihn dann rausschmiß.

Ich stellte mich beim Serpenten vor, den der Zwischenfall nicht gerade in gute Laune versetzt hatte. Er richtete die Augen auf mich und erkannte sofort die Tätowierung auf meinem Handrücken, die ich gut sichtbar hielt.

»Lieber Bed«, sagte er, »wie lange haben wir uns nicht gesehen...«

»So lange, daß ich es vergessen habe«, antwortete ich.

»Das ist ein Profi, lieber Machete«, sagte der Serpente zum Rasenden. »Ich habe ihn in Aktion gesehen und ich versichere dir, man streitet besser nicht mit ihm. Deine Probe ist im Theater elf, Bed. Geh mit Machete und viel Glück.«

Ich dankte ihm mit einer höflichen Verbeugung. Machete nahm mich, ohne mich eines Blickes zu würdigen, an seine Seite.

Wir überquerten eine breite öde Straße, die zwischen den Hallen verlief. Es waren nur einige Polizisten zu sehen und hier und da Teile von alten Bühnenbildern. Ein Hintergrund aus polarem Packeis, eine Pappkanone, ein Flügeldaktylus aus Gummi. Theater elf bestand aus einer großen Halle, ganz aus Aluminium, mit Tausenden von Scheinwerfern an der Decke, die sich dort wie Fledermäuse eingenistet hatten. In der Mitte stand ein festlich gedeckter Tisch mit allen Gaben Gottes. Daneben eine Filmkamera und vier Stühle. Drei Stühle waren schon auf beachtliche Weise besetzt. Der vierte war für mich.

Ein Typ mit einem Hemd, das aussieht wie ein Schmetterlingsomelett, mit Halbglatze, aber mit Zöpfchen, gut mit Kokain gefüllt, kommt herein.

»Wer seid ihr?«, sagt er nervös.

Zwei elegante große Männer, Typ Skinhead-Notar, sagen: »Wir sind die fürchterlichen Paroli-Brüder, der Blonde und der Braune.«

Ein Mann, so groß wie die beiden Paroli-Brüder zusammen, in einem silbernen Gewand, Typ Kimono aus Melitta Topits mit Dalmatatinerfutter, sagt: »Ich bin René die Kuh, Ex-Weltmeister im Catchen.«

Ich stehe auf und sage: »Ich bin Bed von der Agentur Harter Huf.«

»Bleibt dort sitzen«, sagt das Schmetterlingsomelett, »ich muß euch filmen.«

»Ist das hier für einen Posten als Leibwächter oder für den blauen Prinzen?« sagt René die Kuh.

»Ruhe! Wenn Sie Leibwächter von Sonfiero Diesser, dem landesweit größten Sänger patriotischen Rocks werden wollen, müssen Sie fotogen, telegen und synergen sein. Sie wissen ja nicht, auf wie vielen Fotos und Filmen Ihr Gesicht enden wird.«

»Schwachsinn«, sagt René die Kuh.

»Auf, Jungs«, ruft das Schmetterlingsomelett, »seid

unbefangen, steht nicht herum wie Felsblöcke, sprecht, lacht, küßt euch.«

»Der ist verrückt«, sagt René die Kuh.

»Früher war alles anders«, seufzt der braune Paroli, »früher warst du Leibwächter und fertig. Ein Knurren, eins auf die Fresse für jeden, der zu nahe kam und Ende der Durchsage. Heute...«

»Was erzählt ihr mir das«, sagt René die Kuh, »ich war jahrelang Leibwächter des Grafen Gottphöbus Brown, jener mit den vegetarischen Brühwürfeln. Ein echter Herr. Wenn ich ihn ins Restaurant begleitete, ließ er mich am Nachbartisch Platz nehmen, und ich aß wie eine Python; in der Zwischenzeit spielte er den Galanten bei seinen Geliebten. Er hatte keine Angst vor Entführungen: Er hatte Angst vor den Metzgern. Oft bekam er anonyme Sendungen mit einer Frikadelle und einem Zettel drin: ›So wirst du enden, alter Würfelbruder‹. Mit dem Alter bekam er Wahnvorstellungen. Er wollte, daß ich eine Pistole trage. Er fing an, sich selbst leid zu tun, weil niemand ihn entführen wollte. Er kaufte einen gepanzerten Wagen und verlangte, daß ich die Orte, die er besuchte, zunächst inspizierte. Aber was! Keiner wollte mehr was von ihm, er war alt und nicht einmal mehr reich, das Brühwürfelunternehmen stand vor dem Ruin. Ich mußte mit ein paar Freunden zusammen eine falsche Entführung organisieren und sie dann vereiteln. Er war sehr zufrieden und sprach bis zu seinem Tod davon.«

»Leute diesen Stils gibt es nicht mehr«, sagt der blonde Paroli. »Jetzt sind wir die Leibwache von einem Parteibönzchen. Ein Horror. Von einem Fest zum anderen, mit der Ehefrau, die wie ein Schmuggler mit Gold beladen ist. Zusammen mit diesen jungen Gorillas, Fanatikern, alle mit einer israelischen Maschinenpistole und dem Shuriken mit Initialen.«

»Die kennen Lacenaire nicht«, sagt der braune Paroli. »Lesen nur Zeitschriften für Bodybuilding. Und dopen sich mit blutigen Filets.«

»Und ihre Chefs erst. Die wollen, daß wir die Bediensteten schlagen, nur wenn sie ein wenig zu spät servieren. Seitdem sie erfahren haben, daß sich der Parteibonzenchef einen Bunker auf sein Hotel gebaut hat, wollen sie auch einen. Und wir müssen dann oben auf den Dächern im Tarnanzug schlafen.«

»Und was für Gespräche! Ich soll meinem Chef immer von der Fremdenlegion erzählen. Aber ich war überhaupt nicht in der Fremdenlegion: Ich war beim Isef. Also muß ich einen Haufen Märchen erfinden, das Fort in der Wüste und den Stich des Skorpions und den grausamen Sergeant Duchamp.«

»Und erst im Auto! Mit hundertachtzig und heulenden Sirenen, auch wenn es nur zum Schneider geht. Wir wechseln einen Satz Reifen pro Woche.«

»Und bei wem arbeiten Sie?« fragt mich René die Kuh.

»Ich bin Leibwächter bei einem Vogelfuttergroßhändler«, sage ich, »ein tüchtiger und rechtschaffener Mann.«

»So, das reicht für die Probe«, sagt das Schmetterlingsomelett, »ihr seid ja wirklich furchtbar. Jetzt kommt der praktische Test.«

Die Tür der Halle geht auf. Ein Junge mit kurzen Haaren, in einem Kostüm zwischen Polizist und Torero, den Offiziersdolch inklusive, kommt herein. Hinter ihm ein Geleittrupp von Hosianna-Rufenden. Der Junge schaut kalt über den hergerichteten Tisch und zieht sofort verärgert eine Augenbraue hoch. Alle zittern.

»Ich gehe!« schreit er plötzlich und stampft mit den Füßen, »Scheißkerle, ich gehe!«

»Was ist los, Sonfiero?« sagt das Schmetterlingsomelett, »ist was nicht in Ordnung?«

»Ich hatte zehn Liter eisgekühlten Ananassaft, zwei Körbe voll Papaya und Babachi, lauwarmes Roastbeef, Rehcarpaccio, zwölf chinesische Biere, Valium, Pinienkerne, Mintpralinen, amerikanischen Kaffee, kalten Tee, Ovomaltine, Wodka-Lemon, ein Kilo griechische Weintrauben, hundert Cokes, heiße Crostini, Kaviar Lodszynski und sandelholzparfümierte Handtücher verlangt.«

»Und fehlt etwa was?«

»Die Pinienkerne fehlen.«

»Herrgott Sonfiero, das hier ist kein Konzert, sondern eine Probe für deine Leibwache. Kannst du dich denn nicht mit dem zufrieden geben?«

»Du bist ein Scheißmanager«, zischt Sonfiero, »hast du gelesen, was Bidster Baum wollte, als er sich einen Weisheitszahn hat ziehen lassen? Zehn Eisverkäufer aufs Zimmer, mit vollständiger Ausrüstung. Ist der vielleicht besser als ich?«

»Wir werden die Pinienkerne finden«, schreit das Omelett in Richtung Geleittrupp, »geht sie suchen!

Und fragt mich nicht wo und wie. Wenn es sein muß, fällt meinetwegen einen Pinienbaum, aber findet sie.«

Der Geleittrupp schießt los. Sonfiero gähnt und knabbert an einer Papaya.

»Ohne Pinienkerne fange ich nicht an ...«

Das Omelett läßt sich in einen Stuhl fallen und jagt sich eine Dose Bumba die Kehle runter.

»Wir sitzen in der Scheiße«, erklärt er.

Ohne es jemanden merken zu lassen, führe ich den zwölften Trick der Dritten Baolblume aus. Ich materialisiere eine Tüte Pinienkerne aus der Tasche und lege sie auf den Tisch.

»Ehi«, sage ich, »da liegen doch die Pinienkerne, hinter den Weintrauben.«

Also können wir beginnen. Sonfiero sitzt gemütlich am Tisch und raucht und trinkt und knabbert. Auf der anderen Seite, in einem Käfig mit Panzerglas, befinden sich hundert entfesselte Verehrerinnen, die, vom Anblick ihres Idols völlig verzückt, gegen die Scheibe drücken. Pro Durchgang lassen sie ungefähr zwanzig frei. Man muß verhindern, daß sie bis zu Sonfiero vordringen und ihn berühren. Streift ihn auch nur eine, verliert man seinen Job. Aber diejenige, die es schafft, ihn zu berühren, hat das Recht auf eine Konzertkarte für die erste Reihe. Von daher sind die Mädchen zu allem entschlossen. Einige sind mit Haarnadeln bewaffnet, andere haben Helme auf. Das wird ein Spaß.

»Die ersten zwei vor«, sagt das Schmetterlingsomelett.

Die Paroli-Brüder bauen sich vor Sonfiero auf wie ein Torwart beim Elfmeter.

»Laßt die Verrückten frei«, sagt Sonfiero.

Zwei Dutzend kommen und heulen wie Wölfinnen. Paroli der Blonde streckt sofort vier mit Ohrfeigen nieder, eine sticht ihm mit einer Haarnadel in den Oberschenkel, Paroli der Braune nimmt sie und klebt sie an die Wand, weitere sechs greifen von links an, die Brüder nehmen sie in die Zange und zermürben sie mit Fußtritten, aber es kommen zwei Superzähe, eine blendet den Blonden mit Haarspray, während die andere Tritte in die Hoden des Braunen abfeuert, der jedoch einen Hodenschutz trägt, er hebt sie hoch und schlägt die Köpfchen zusammen, es kommen weitere vier, sie sind mit Motorradketten bewaffnet, ein wahrer Heldenkampf, der Blonde fällt und reißt drei mit runter, der Braune schwingt eine an den Haaren und schleudert sie gegen den Haufen, aber aus der Nachhut stürmen die beiden letzten vor, der Blonde stoppt eine, indem er ihr einen Knüppel zwischen die Beine wirft, die andere schießt ihm ein Gummiband ins Auge und berührt schon fast Sonfiero, als der Braune sie mit einem Rugby-Verzweiflungssprung zu Boden streckt. Ende. Man bringt die Bahren.

»Nicht schlecht«, sagt das Omelett, »aber ihr seid etwas zu langsam. Die nächsten zwei vor.«

René die Kuh und ich schauen uns an.

»Seid ihr bereit?« grinst Sonfiero.

Hinter dem Glas warten zwanzig Fans, noch kleiner, noch entfesselter als ihre Vorgängerinnen. Sie haben kleine bunte Rucksäcke, die mit Waffen gefüllt sind. Eine schwingt einen mit Kugeln ausgestopften Snoopy. Eine andere sitzt auf einer Vespa.

»Wir sind bereit«, sage ich, »aber ich hätte da noch einen Einwand.«

»Soll heißen?«

»Der Carpaccio ist nicht vom Reh.«

»Halts Maul du Arsch!« schreit das Omelett.

»Das ist eine Frage des Prinzips«, sage ich, »ich habe zwanzig Jahre als Rausschmeißer im Restaurant Bon Bon gearbeitet, beim König der französischen Köche, Monsieur Ouralphe. Ich kann einen echten Carpaccio von einem Carpaccio-Ersatz unterscheiden. Dieser Carpaccio hier ist von stinknormalem Rindfleisch.«

Es kommt zu einem Wahnsinnschaos. Sonfiero Diesser hat eine hysterische Krise und reißt am Zöpfchen des Managers. Als die Mädchen ihr Idol derartig toben sehen, fangen sie an zu schreien und drücken gegen das Glas, was schon unheilvoll knackst. Ich wechsle mit René der Kuh erneut einen Blick des Einverständnisses. Genau in dem Augenblick, als das Glas bricht und achtzig ausgeflippte Fans wie Piranhas aus einem Aquarium fluten, fliehen wir durch den Notausgang. Während wir über kleine düstere Eisentreppen nach unten steigen, hören wir fürchterliche Schreie und das Knirschen von Zähnen.

Sie zerfleischen Sonfiero Diesser.

14.

»Der Preis der Preise / wird ein großer / prunkvoller transgressiver Abend werden«, gab der Parteibonze über den Bildschirm bekannt und sprach mit langen Pausen, wie es das *Rhetorische Handbuch des Spasmodischen Wartens* empfiehlt, oder auch das *Technische Lehrbuch für Infrapneumatik der Begrifflichen Dilatation,* oder auch der *De longius nihil circumducere* sowie *l'Importance fondamentale des mots suspendus,* oder auch das *Time-Out-Talking,* heilige Schriften der Autoren und der heutigen Politiker.

Atharva schaute lustlos zu. Er hatte die Temperatur vor kurzem wieder gesenkt und zahlreiche Eiszapfen hatten sich auf den Kompiutern und seinem Pelzmantel verstreut. Wenn er sich bewegte, klingelte er wie ein Weihnachtsbaum.

»Ich verlasse mich auf euch, meine Komponistenfreunde«, fuhr der Parteibonze fort, »morgen abend will ich viel Freude haben / und ich erinnere euch daran / daß im Zuge / des Preises der Preise / alle Preisträger preisgekrönt werden / Preisträger des letzten Jahres / außerdem werden fünfzig / wohlverdiente Bürger ausgezeichnet / die ohne ausgezeichnet worden zu sein gestorben sind / hier die Liste der Gäste / als erstes ...«

Atharva schaltete den Kompiuter aus. Er kannte die Prozedur dieser immer gleichen Feierlichkeiten auswendig. Die falschen Biographien der Preisträger, die Gedenkinterviews, die Remontagen der Interviews, die Schnitte, die Staatsgeheimnisse. Amtliche Anordnungen. Das Überarbeiten der Monologe von diesem Grapatax konnte vielleicht interessant sein. Das Überarbeiten von Komikern ist schwierig. Genaue Einsätze. Etymologien, die auftauchen. Wörter, die explodieren. Hohe Präzision, Uhrmacherkunst. Das Endgeheimnis des Chaos. Es ist schon schwierig, auch nur ein Wort auszuwechseln. Aber es läßt sich machen. Alles kann Wirklichkeit werden.

Plötzlich ein Schauder, er mußte sich setzen. Erneut dieses Unbehagen. Der Gedanke an diesen Film. Er fror wieder, und zwar stark. Normalerweise gefiel ihm die Kälte. Nachdenklich schlürfte er an seiner Minzmilch. In Ruhe wendete er sich dem Drehbuch des Shamakrieges zu. Auf Seite 106 stand, wie er geahnt hatte, tatsächlich nichts von der Szene mit der verbrannten Gestalt.

Hingegen war dort eine Führung des Berichterstatters Mike Torrebruna in einem Shamamassengrab. Aber die beunruhigende Szene gab es, er hatte sich die Kassette bringen lassen. Und er hatte keine Lust, sie noch einmal anzusehen. Warum?

Er versuchte, sich zusammenzureißen und hielt das letzte Bild an, mit der verkohlten KW-Gestalt bereits am Boden. Die Karteinummer lautete KW-6157. KW stand für Komponierte Wirklichkeit. Atharva glaubte jedoch nicht daran. Er suchte Information 6157 im Kompiuter.

Antwort: »Eine Minute und zwanzig Sekunden in Farbe; Film 70 mm. Aufgenommen im Studio am 13. Juli. Regie: C. Dodgson, Darsteller: Stuntman-Agentur Springerle.«

Er suchte sofort nach dem Namen Dodgson. Er war weder auf der Liste der Senator-Regisseure, noch auf der Liste der Wohlverdienten, noch bei den Preisgekrönten, noch auf der Liste der Staatsschule. Er war auch nicht auf der Liste der Söhne von, Liebhaber von, Cousins von, Vertraute von, Gesandte von. Er suchte in der Kategorie Zu allem Bereit, Taschenträger, Komponist in Fortbildung, Gute Unabhängige Jungs Aber Nicht Zu Sehr. Keine Spur. Also existierte Dogson nicht. Kein Regisseur, der nicht in einer der obigen Kategorien eingeschrieben ist, hätte je in einem staatlichen Unternehmen arbeiten können. Er suchte Dodgson unter der Sektion Geheimdienste und unter Reumütige Piraten. Schließlich fand er ihn dort, wo er es nicht erwartet hatte. Unter den Darstellern.

Charles Carapellese Dodgson. Im April 1986 komponiert.

Lehrer für Moralphilosophie. Zusammen mit zwei weiteren Philosophieprofessoren überfiel er mit dem Ziel des Raubes eine staatliche Bibliothek, wobei ein Archivar ermordet wurde. Thema und Drehbuch von Amos und Baldini. Hergestellt aus Repertoirematerial, Zeichentrick und fiktiven Studiointerviews. Motiv der Komposition: Diskreditieren der philosophischen Fakultät, politisch nicht vertrauenswürdig. Die Fakultät wurde im darauffolgenden Monat geschlossen und die Studenten einer Umerziehung unterzogen.

Beachte: *Dodgson wurde komponiert, die beiden anderen Professoren bestanden aus primärer Realität und wurden eliminiert, wie aus der Dokumentation des Archivs Zero hervorgeht.*

›Gut‹, dachte Atharva, ›jetzt ist alles klar. Jemand hat den Namen gewählt, um uns herauszufordern. Er schleust primäre Filme in unser System. Dahinter verstecken sich die Rebellen. Bis dato nichts Neues. Das wissen wir schon seit langem.‹

Aber irgend etwas ist anders.

Warum kann ich mir den Film nicht anschauen? Was ist sein Geheimnis? Es gibt nur einen Weg, es herauszufinden. Erfahren, was er wirklich enthält.

Drittes Kapitel

In dem der Baolzauberer etwas Verlorenes wiederfindet und das Abenteuer brenzlig wird

Man muß die Feinde sehen, die man hat.
Man soll nicht mehr Feinde sehen, als man hat.

(Baolian, zweites Buch, vv. 340–341)

Böses nicht tun, Angst nicht haben.

(A. Hitler)

15.

Wir stiegen Millionen von Eisenstufen hinunter, so jedenfalls erschien es mir, und unsere Schritte dröhnten und vermehrten sich, so daß die Luft schließlich von einem metallenen Tam-Tam erfüllt war. Der riesige Umfang von René der Kuh schritt mir schwankend voran. Das Getöse hörte erst auf, als wir verstohlen über einen Linoleumboden liefen.

Das künstliche Licht eines unterirdischen Gartens nahm uns auf, ein Dschungel aus echten und synthetischen Pflanzen. Es roch nach Zitronen und Ozon. Hier und dort lagen dicke antike Torsi, abgehackte Riesenjungfrauen, invalide Krieger, abgehauene Säulen. Eine nette Terrassen-Bar, feiner Kies, Rauchglas und überall Wasserkaskaden, versteckte Wasserbekken, beleuchtete Wasserstrahlen. Vibraphonmusik in der Luft. Eine unterirdische Abteilung für den Führungsrelax. Ein Sternenhimmel aus Perspex überragte uns.

»Unsere Kontaktperson ist hier«, sagte René die Kuh und versteckte einen kleinen Teil von sich hinter einer Palme.

»Unsere?«

»Auch ich bin mit von der Partie, Baol, spiel nicht den Schlauen. Ich soll dich zu deinem Alice begleiten. Das ist meine Aufgabe. Danach mußt du alleine weitersehen.«

»Es gibt ein kleines Problem, wenn wir uns hier aufhalten sollen«, sagte ich. »Sehen wir wie Führungspersonal aus?«

Traurig betrachtete René die Kuh sein Anzugchen aus dalmatiner Topits, das ihm doch so gut stand.

»Geht wohl nicht, was?«

»Laß das meine Sorge sein«, sagte ich. Aus einer Bar kam ein junger Männätscher in einem dollargrünen Anzug mit einer Erkennungskarte im Knopfloch. Sein Gesicht strahlte dermaßen von jener vorurteilsfreien Intelligenz ohne ideologische Barrieren, daß es einer Abstumpfung sehr nahekam. Ich ging auf ihn zu, drückte ihm den Finger auf die Stirn und sagte: »Würde es Ihnen gefallen, das Zimmer des Generaldirektors zu besetzen?«

»Natürlich würde mir das gefallen«, stammelte der Männätscher, »aber...«

»Kein aber. Antworten Sie: Würde es Ihnen gefallen, hinter dem Chefschreibtisch zu sitzen?«

»Natürlich, ja.«

»Gut«, sagte ich und fixierte ihn in hypnotisierender Weise mit meinem Baolblick, »versuchen Sie sich zu konzentrieren: Was steht immer hinter dem Schreibtisch im Zimmer des Generaldirektors? Ich sage es Ihnen: Ein Gummibaum.«

»Natürlich«, antwortete er, »ein Gummibaum, seine Lieblingspflanze.«

»Ja. Tag und Nacht besetzt ein Gummibaum dieses Zimmer und beherrscht die Situation. Jeden Tag gießt ihn der Generaldirektor persönlich. Der Gummibaum kennt all seine Geheimnisse. Er nimmt an all seinen Freuden teil, ist jedoch gegen die Wutausbrüche immun. Noch nie wurde ein Gummibaum entlassen. Die Direktoren vergehen, die Gummibäume bleiben. Welche Karriere ist näher an der Führungsspitze und gleichzeitig frei von den Risiken der Verantwortung?«

»Ich will ein Gummibaum sein«, sagte der Männätscher mit leuchtenden Augen.

»Bestens. Jetzt hören Sie mir gut zu: Sie sind ein wunderschönes Exemplar eines lanzenblättrigen Gummibaums. Jetzt werden Sie Ihre Kleider ablegen und sich in diesem Garten zwischen Ihren grünen Artgenossen verstecken. Dort werden Sie deren Gewohnheiten studieren, das Funktionieren des Chlorophylls, den Blattwechsel, Sie werden lernen, Wasser zu absorbieren, wie es sich für einen professionellen Gummibaum gehört. Nach dem Fortbildungskurs werden wir dafür sorgen, daß Sie ins Büro des Generaldirektors versetzt werden.«

»Ich bin ein Gummibaum«, verkündete der Männätscher mit einem botanischen Schimmer im Blick. Er zog sich blitzschnell aus und mischte sich unter die Pflanzen, seinem neuen Leben entgegen. Ich zog seinen Anzug an. Jetzt war ich eine Führungsperson ersten Ranges und René mein Leibwächter.

»So, wo geht es jetzt hin?« fragte ich.

»Zu einer Party, Chef«, sagte René und schaute mich bewundernd an.

16.

ATELIER SENECA

BONITO BON
DER KÖNIG DES ZUFALLS
PRÄSENTIERT HOCH ERFREUT
DAS NÄCHSTE BUCH VON:

MELISSA TURBO DE SAMBONARD

ONLY VIP CARDS ALLOWED

Der Schriftzug prangte an der großen Eingangstür, geschmückt mit anakondaartigen Blumenornamenten aus Kaschmir und pandorischen Säulen. Aus dem Inneren kam der Lärm einer festlichen Brandung. Als wir uns näherten, wurden wir von einem Windstoß aus Caprice Improptu Bizarre Desire Delire Savage Violence Stupre Surprise und anderen Aromen überschüttet, in welche die festlich Gestimmten getaucht waren.

»Dies ist der einzige Ort, an dem dein Alice sich einem Fremden nähern kann, ohne aufzufallen«, sagte René die Kuh, »aber was heißt denn ›Only Vip cards allowed‹?«

»Da kommen nur die Vip cards rein.«

»Merde!« sagte René und gab seine französischsprachige Herkunft preis.

»Ganz und gar nicht. Unser Gummibaumfreund hatte eine Vip card mit Foto. Und dank einer Brille und einer perfekten Baolgesichtsmimikry werde ich, ohne Verdacht zu erregen, hineinkommen. Und du bist meine Leibwache. Deshalb fang an, mir den Leib zu bewachen.«

»D'accord«, sagte René die Kuh.

Es ging alles glatt. Zwei Wachdobermänner untersuchten uns mit geschulter Hand, kontrollierten die Vip card und verbeugten sich. René wurde in den Gorillasaal gesteckt und stopfte sich mit Nieren voll. Ich trat ein.

Es war ein ruhiges Fest des Regimes. In meiner neuen Rolle als Männätscher drang ich in die Menge der Parteibönzchen und Miezen ein, während die Kellner schnell wie Rollschuhläufer alle Ecken mit Champagner bestäubten und das Orchester »Love in Ibizza« spielte. Tolle Gesellschaft. Ich erinnerte mich sofort an das, was mein Meister gesagt hatte:

> Ein wahrer Baol langweilt sich nie
> er schläft allerhöchstens ein.

(Wieviel Weisheit in unseren alten Schriften!)

Ich wendete mich dem Buffet zu. Es gab vor allem Salate. Gigantische Salate, die aus allem zusammengemischt waren, was teuer war, ohne auf das Resultat zu achten. Ich probierte einen mit Lachs, Papaya, Chinchilla-Hirnchen, Rogen, Krabben und Albino-Miesmuscheln. Ich nahm ein vierstöckiges Brot und pflasterte es mit Kaviar. Dann ließ ich mir eine Fernet-Flöte einschenken und beobachtete die Lage.

Am ersten Tisch saß der Besitzer des Ateliers, der berühmte Bonito Bon, König des Zufalls. Er war ganz in seinem Stil angezogen, das heißt, alles an ihm erschien zufällig. Er war von einem Halstuch umgeben, welches sich in seinem Hemd verfangen hatte, an dem eine Jacke hing, unter der ein paar verwaschene Jeans Schutz suchten und an deren Ende ein Paar Tennisschuhe besten Jahrgangs Unterschlupf gefunden hatten. In Wirklichkeit war dies jedoch die Kombination 16B von den 372, in denen der Schlampige in akkurater Weise seine Schlampigkeit reglementierte, Kombinationen, die in über hundert Städten verkauft wurden, in denen die Bon-Geschäfte Museen, Waisenhäuser und nationale Denkmäler ersetzt hatten.

Bonito Bon lächelte die Gäste an, gebräunt, mit der

ein wenig ausgezehrten Schönheit eines Fünfzigjährigen, der es mit dem Tennis übertreibt. Der mondäne Maelstrom, der alle in Richtung seines Tisches zog, ließ deutlich werden, daß sich dort das Zentrum des Festes befand.

Gleich daneben stand der zweite Tisch für mondäne Gestalten, der von Melissa Turbo, der bekannten Bestsellerin und zudem Frau des Automobilindustriellen Flaviano Turbo, Besitzer von Mannschaften im Basketball, Handball, Volleyball und anderen Bällen. Melissa strahlte, verkleidet als Erdrutsch aus Halsketten unterschiedlicher Dicke, zusammengesetzt aus großen Perlen, kleinen Perlen, Perlenformen, Eierchen, Nüssen, Körnern, Nudeln, Provolone, Halbkugeln, Granulomen und Murmeln. Sie lächelte hinter einem Fächer, auf dem der Umschlag ihres nächsten Buches abgebildet war, für welches ihr gerade der Preis verliehen worden war.

Nächstes stand für: *noch nicht geschrieben.*

In der Tat hatte man sich schon seit einiger Zeit entschieden, jeden Schriftsteller vor dem Erscheinen seines Buches zu prämieren, dies mit drei bemerkenswerten Vorteilen:

a) Man vermied die Angst des Autors (werde ich den Preis gewinnen oder nicht?) und die Spannung zwischen den Autoren (gewinnt er oder ich?), denn alle wurden *vorher* prämiert.
b) Man vermied die anstrengende Arbeit der Juroren und vor allem die Anstrengung des Lesens, eine besonders unangenehme Seite der Arbeit eines Kritikers, erhielt jedoch die wesentlichen kulturellen

Aspekte, vor allem das Prestige, einer Jury anzugehören und das abschließende Essen.

c) Man vermied jegliche Polemik. Niemand konnte sagen: »Ihr habt ein schlechtes Buch prämiert«, weil es noch niemand hatte lesen können.

Von daher war das Klima unter den Mißgünstlingen entspannt und heiter, und es gingen Trinksprüche hin und her, während die Jury an einem mit Rosen und Roastbeef überfüllten Tisch saß und die unglückliche Situation der Schönen Literatur in unserem Lande erläuterte.

Ich schüttete einen weiteren Fernet hinunter und fing an, zwischen den Tischen herumzugehen: ich war zu lange allein geblieben, und schon beobachteten mich einige Bedienstete mißtrauisch: Ein Vip, der keinen kennt, ist kein Vip.

Am dritten Tisch saßen einige Werbekreative, die diskutierten, ob Woody Allen eine gute Testperson für Präservative sei. Wahrlich Kreative, denn fast alle formten aus Brotkrümeln kleine Tierchen, so daß der Tisch zum Zoo wurde.

Am vierten Tisch saß ein gelangweilter Stylist mit vier düsteren Models und einem tollwütigen Windhund.

An einem fünften Tisch saß eine Gruppe Intellektueller dicht beisammen, die sich fragten, ob ein Intellektueller an bestimmten Orten sein müsse oder nicht. Ein Tisch, der immer da war.

Am sechsten Tisch zeigte ein Parteibönzchen, ein bekannter Waffenhändler, einigen entzückten Ausländern ein Buch mit Raketen. Er schlug die mittlere

Doppelseite mit einem nackten Flugzeugträger auf, und alle pfiffen vor Geilheit.

Am siebten Tisch saß eine bekannte Persönlichkeit, die eine geheime Loge gegründet hatte und über Jahre hinweg die korrupte Person der nationalen Laster schlechthin gewesen war, die Zielscheibe der öffentlichen Entrüstung und Feind Nr. 1 der Demokratie. Jetzt war er Finanzberater.

Am achten Tisch saßen zusammengedrängt sechzehn Zeitungsdirektoren, die mit dem Besitzer ihrer Zeitungen über die exzessive Konzentration der Presse sprachen.

Am neunten Tisch saß der gesamte Ordnungsdienst von Hauihmdieknochendurch, mittlerweile eine Segelschule.

Am zehnten Tisch saß SIE.

Das Herz blieb mir stehen (sozusagen), mir drehte sich der Kopf (wirklich). Ich klammerte mich an die Buffetdecke, was bewirkte, daß sich alles über den Tisch ergoß und einen Salat der Salate ergab, ein Mousse-Konsorzium und eine Obstsalat-Holding.

SIE war da. Die Frau, die mein Leben zerstört hatte. Sie war es nicht, aber beinahe, sozusagen ihre Seele war da, ein Baol irrt sich nicht: Genau in dem Moment, als ich merkte, daß sie es nicht war, erinnerte ich mich an sie und war sicher, daß niemand außer ihr ihr so ähnlich sein konnte. Habe ich mich klar ausgedrückt? Nein? Wie könnte ich? Sie ist ja da.

An diesem Tisch saß Alice Auck. Oder zumindest eine Frau, die ihr in beeindruckender Weise ähnlich sah. Alice hatte wunderbare lange blonde Haare und *Alice* hatte herrliche kurze schwarze Haare. Alice hatte wunderschöne blaue Augen und eine Brille, und *Alice* hatte herrliche gelbe Augen und sah gut. Alice hatte einen bezaubernden Rücken in Herzform und ein Muttermal auf der rechten Schulter. *Alice* hatte einen herrlichen Rücken in Herzform, jedoch kein Muttermal. Alice rauchte nicht und *Alice* rauchte. Alice schaute auf eine bestimmte Weise, und auch *Alice* schaute auf eine bestimmte Weise, so näherte ich mich ihr wie auf einem Luftkissen, Ellbogen und Schimpfwörter meidend.

Ich setzte mich an ihre Seite und leerte den Inhalt aller Gläser auf dem Tisch und den zwei angrenzenden Tischen. Dann sagte ich: »Mademoiselle, da ich momentan keinen originellen Satz im Sinn habe, um an Sie heranzutreten, könnten Sie vielleicht so freundlich sein und mir einen suggerieren, so daß uns das lange peinliche Schweigen erspart bleibt.«

»Sie könnten mir sagen, daß ich Sie an jemanden erinnere«, sagte sie.

»Ja. Jemanden, den ich glaubte verloren zu haben und den ich jetzt glaube wiedergefunden zu haben ...«

»Sehr originell ...«

»Erlauben Sie mir, daß ich mich vorstelle. Ich heiße ...«

»Melchiade Bedrosian Baol. Und ich bin Alice, deine Kontaktperson.«

»Wie hast du mich gefunden?«

»Eigentlich hast du mich gefunden.«

»Tanzen wir?«

»Tanzen wir.«

Wir tanzten.

17.

Der alte Azur lebte im letzten Stock der Kompositions-Abteilung, einem verfallenen Lager mit alten Karteien, Sammlungen von mottenzerfressenen Zeitungen, Stapeln von Schallplatten und Tausenden von Fotografien, die die Feuchtigkeit zu einem stinkenden Blattbrei zementiert hatte. Außerdem lagen Berge von gebrauchten Plastikbechern herum, es gab eine alte, noch funktionierende Espressomaschine sowie einen alten Bildschirm mit Klastzyak-Projektor. Das ganze Zimmer war schmutzig und staubig, mit Ausnahme eines großen Versammlungstisches, auf dem gut beleuchtet eine Sammlung kleiner Flugzeugmodelle stand. Es waren Flugzeuge, die in den letzten dreißig Jahren abgestürzt waren. Neben jedem Flugzeug lag eine Schachtel mit Dias. Fotos von den toten Passagieren. Azur hatte sie fast alle. Die Kopien ließ er sich aus den Archiven geben. Dann tauschte er sie mit dem einzigen anderen Sammler auf der Welt, einem japanischen Komponisten. Vor kurzem hatte er zwei fehlende Passagiere der 1976 in Indonesien abgestürzten DC 9 erhalten. Im Tausch hatte er einen im Ural abgestürzten russischen Piloten gegeben.

Als Atharva eintrat, schien Azur nicht gerade erfreut zu sein. Wenn jemand in der Abteilung menschenfeindlicher als Atharva war, dann war es der Alte. Seit zwanzig Jahren verließ er das Büro nicht mehr. Er komponierte auf einem antiquierten Kompiutermodell, das er selbst mit Bleitropfen, Krampen und Loctiten reparierte. Aber er war ein Künstler, von dem alle noch etwas lernen konnten. Atharva natürlich ausgenommen. Azur blickte nicht einmal von seiner Arbeit auf, als er die Schritte des Kollegen hörte.

Er komponierte gerade die falschen Biographien der nachträglich Prämierten, besserte einige Wörter in den Interviews aus und erfand einige Daten: kleine Kunstgriffe eines Meisters. Jede Zweideutigkeit oder Unsicherheit eines Lebens wurde nivelliert, bis es seinen eigentlichen, verborgenen Sinn erfüllte: dem Zeitgeist zu dienen, auch wenn es von ihm ganz verschieden war.

»Herrgott, immer die gleiche Geschichte«, sagte Azur.

Der Kompiuter ging schlagartig aus.

»Der übliche Stromausfall«, sagte Atharva.

»Die übliche Sabotage, würde ich sagen«, grinste der Alte hämisch und zündete sich eine Aminonitrat-Pfeife an und wurde aufgrund der Gefäßerweiterung ganz rot, »das weißt du ganz genau, Atharva: du bist zwar ein Aas, aber du bist nicht dumm. Die Rebellen sind in alle unsere Schaltkreise eingedrungen. Sie nagen an unserem schönen System.«

»Was erzählst du?« brummte Atharva.

»Du bist nicht deswegen gekommen?« lächelte Azur. »Du bist nur zum Tee gekommen? Ein kleiner Höflichkeitsbesuch?«

Atharva antwortete nicht. Er ging zum Fenster. Schon seit einer ganzen Zeit hatte er die Welt nicht mehr gesehen: Unten in seinem Souterrain gab es keine Fenster. Er hatte das Gefühl, daß die Stadt noch dunkler und farbloser geworden war. Da waren die neuen, ganz hohen Konstruktionen. Es gab Brände und Rauch. Am Himmel flogen große Dreipropeller-Hubschrauber. Der schwarze Fluß leuchtete auf unheilvolle Weise unter der frühen Sonne. Ja, die Sonne ging auf.

»Ich brauche Hilfe«, sagte Atharva.

Azur bemerkte einen überraschend humanen Ton in den Worten des eisigen Atharvas, dem »Mann unter null«, wie er in der Abteilung genannt wurde.

»Was ist denn mit dir los?« fragte er.

»Ich glaube, daß sie ... also die Rebellen ... aus irgendwelchen mysteriösen Gründen Realitätsstücke einschleusen ... primäre Realität, meine ich ... bis hierher nicht weiter schlimm ... auch wir benutzen sie zum Komponieren ... im Shamakrieg benutze ich viele

Einstellungen und Hologramme, aber auch Stücke aus dem israelischen Krieg, aus Vietnam, vom Iran-Irak-Krieg ... aber das ist alles kontrolliertes Material ... ihr Material hingegen ist seltsam.«

»Wie, seltsam?«

»Ich weiß auch nicht. Wie du weißt, mag ich die primäre Realität nicht. Seit Jahren schon gehe ich nicht mehr raus hier. Ich würde sterben, wenn ich durch die Stadt laufen oder jemanden treffen müßte. Aber die Realität auf dem Bildschirm habe ich immer gut vertragen. Dieses Mal aber ... gibt es etwas anderes ... die benutzen Material, das irgendwelche seltsamen Kräfte hat ... etwas, das weder primäre noch komponierte Realität ist.«

»Und du hast davor Angst«, sagte Azur.

»So ist es.«

»Ich habe schon von ähnlichen Dingen gehört ... das Murphy-Syndrom ... es gab vor Jahren einen anderen Komponisten, der hatte die gleichen Syndrome.«

»Erzähl mir von Baldini«, sagte Atharva unversehens.

Azur lächelte auf seltsame Weise. Sein Mund war zahnlos und von Drogen verbrannt. Er nahm einen tiefen Zug aus der Pfeife.

»Baldini hatte genau die gleichen Probleme wie du ... auch er erzählte mir von einem Film, der ihn verwirrte ... er bat mich um den Passiercode für das Archiv Zero. Ich habe ihn ihm nicht gegeben.«

»Warum?«

»Er war zu verwirrt. Das Archiv Zero enthält gefährliches Zeug, wenn du nicht ganz klar im Kopf bist ... aber etwas hat ihn weiterhin gequält. So lange, bis er sich umgebracht hat.«

»Auch ich will ins Archiv Zero«, sagte Atharva. »Nur so kann ich erfahren, was der Film wirklich enthält. Dort ist das Original. Du mußt mir helfen, Azur.«

»Du bist noch verwirrter als Baldini«, sagte Azur. »Und außerdem, wer sagt dir, daß ich den Code überhaupt habe?«

Atharva zog schlagartig etwas aus dem Pelzmantel. Es sah aus wie eine tote Qualle, eine gelbliche Gelatine in einer Glasvase. Die Augen des Alten strahlten.

»Wer hat dir das gegeben?« fragte er.

»Ein Freund aus der chemischen Forschung ... ich habe ihm einen Gefallen getan und die Nachrichten von der Explosion in seinem Labor neu komponiert, indem ich ein paar Tote gestrichen habe. Es sind mehr als zweihundert Gramm. Davon könntest du mehr als zwei Jahre zehren.«

Der Alte betrachtete die Gelatine. Er streifte sie kurz mit den Fingern. Sie war lauwarm und roch nach Wald.

»Ich habe das Nuhifa erst einmal probiert«, sagte Azur, »es ist wirklich die beste Droge. Mich wundert nicht, daß sie es nicht verkaufen. Es würde den Markt ruinieren.«

»Mein Freund sagt, daß es hundertmal stärker ist als Morphin. Sie nennen es nicht umsonst Nuhifa, Nur Hinfahrt. Das Bankenmafia-Konsorzium hat entschieden, es in zehn Jahren auf den Markt zu bringen, wenn der heutige Drogenvorrat aufgebraucht sein wird ... aber du kannst es jetzt haben: zweihundert Gramm.«

»Zwei Jahre ... zwei Jahre ohne Schmerzen«, sagte der Alte und schaute ins Leere, »zwei Jahre des Glücks. Die letzten ...«

»Heute könnte der letzte schlechte Tag in deinem Leben sein«, sagte Atharva.

»Ehi, ein Tropfen in der Woche reicht, oder? Es wird nicht zu schnell zu Ende gehen?«

»Zwei Jahre«, sagte Atharva, »bei meiner Ehre.«

Der Alte nahm die Glasvase in die Hände. Er legte die Pfeife weg und seufzte.

»Wieviel Bedenkzeit habe ich?«

»Drei Sekunden«, sagte Atharva.

»Gut«, sagte Azur, »setz dich neben mich an den Kompiuter.«

Atharva setzte sich ganz aufgeregt. Er warf den Pelzmantel von sich, und es kam eine geologische Pulloverschicht zum Vorschein.

»Ich bin bereit«, sagte er.

»Bevor wir anfangen«, sagte Azur, »muß ich dich warnen, denn wir haben es nicht mit normalen Kompiutern zu tun. Die Geheimkompiuter haben ihre Sprache an die ihrer Benutzer angepaßt, also an die der Geheimdienste und des Militärs. Sie sind verschwiegen, vergeßlich und erscheinen manchmal wie wirkliche Idioten ... aber laß dich nicht täuschen, sie wissen alles.«

»Wie hast du den Weg zum Archiv Zero gefunden?«

»Ich habe einen Bericht über Audium Gaudium komponiert, den Zufriedenheitsbericht der Fernsehprogramme. Ich schaute in der Stichprobenliste nach und entdeckte die Familie Huhn.«

»Und was war besonders an ihr?«

»Nichts war besonders. Alles normal. Aber ihre Normalität war monströs. Diese Familie gab den Programmen immer eine Bewertung, die genau dem Durchschnitt aller Bewertungen der anderen Audium-Gaudium-Familien entsprach. War zum Beispiel die Durchschnittsbewertung von dreißigtausend Familien 6.7, bewertete die Familie Huhn mit 6.7. Ich kontrollierte: In zehn Jahren war es immer so gewesen. Ich fing an zu zweifeln. Es war unmöglich, daß niemand diese perfekte Durchschnittlichkeit bemerkt hatte, dank der man das ganze System Audium-Gaudium hätte abschaffen können. Es hätte gereicht, die Familie Huhn zu befragen. Aber niemand hätte jemals Nachforschungen über dieses schwarze Loch angestellt, das jede Extrasystole an Anormalität verschluckte, diese Meeresstille an Intelligenz, diesen genetischen Konformismus. Warum? Ich fand es schnell heraus. Es gibt keine Familie Huhn. Hinter diesem Namen und dieser Adresse verstecken sich die Daten des Archivs Zero. Ich werde es dir zeigen.«

OPERATOR AZUR AN GENERAL KOMPIUTER:
Ich bitte um Verbindung mit dem geheimen Enthüllungssystem Audium-Gaudium.
Gestattet.

Ich möchte mit der Familie Huhn sprechen.
Wir haben keine Familie mit diesem Namen.

Ich wiederhole: Ich möchte Kontakt mit der Familie Huhn aufnehmen.
In der Tat gab es eine Familie Huhn auf der Liste, aber ich erinnere mich nicht genau, da ich an dem Tag, an dem die Daten eingegeben wurden, zeitweise ausgestellt war, denn der Operator hatte Kaffee über meine Tastatur geschüttet . . .

Nicht glaubhaft, General Kompiuter . . . Kaffee schadet einem abgeschirmten Kompiuter nicht.
Vielleicht war es wirklich nicht aus diesem Grund. Ich stand still, weil es einen Blackout gab.

An diesem Tag gab es keinen Blackout, ich habe es kontrolliert: Ich will mit Familie Huhn sprechen.
Familie Huhn sprechbereit.

Ich bitte um die Adresse der Familie Huhn.
Ich erinnere mich nicht genau, mir scheint, daß sie zwischen Dikanka und City Drei wohnt oder auch zwischen City Drei und dem Ghetto oder auch an der ansteigenden Straße, die von Taganrog . . .

General, hören Sie auf, mich auf den Arm zu nehmen und antworten Sie sofort: Adresse Familie Huhn.
Lager 128, Zone der verlassenen Gebäude.

»Hier haben wir unsere Adresse«, lächelte Azur, »jetzt kannst du allein weitermachen.«

Ich bitte um den Passiercode für Lager 128.
Ich erinnere mich nicht.

»Fragen Sie ihn, was das Lager 128 enthält, mein junger Freund«, sagte Azur.

Ich erbitte die Materialliste des Lagerbestands von Lager 128.
Nachfrage angenommen:
6 Hochgeschwindigkeitsdynamos Tupolev für die geotropische Erwärmung.
4 Regale Hasenverjager für Alarme in der Gegend von Le Mans.
16000 Liter Riftonoloin für die Ölung der inkoativen Gammaunt des hydraulischen Ausgießmeters.
1 axonometrischer Bagger zur Abhebung des Balma.
Eine Zentralschaltung zur thermischen Kontrolle des Lagers mit einem Bereich von minus bis plus hundert.

»Kommt dir nichts komisch vor, Atharva?«

»Doch, die Temperaturkontrolle. Warum auch immer sollte man Dinge erwärmen oder abkühlen, die nicht existieren?«

»Genau«, sagte Azur, »du bist ganz nah dran. Jetzt agiere auf diesem Datum.«

»Zentralschaltungstemperatur null Grad, ich wiederhole, null Grad«, sagte Atharva.

»Göttlicher Zug«, sagte Azur mit schriller Stimme.

Null Grad erreicht. Zugangscodes:
Macon
granpen
leretri
cagiù

Für den Zugang zur Tür der Hölle, Zusatzcode notwendig.

»Verflucht. Und jetzt?«

»Was jetzt«, fragte Azur.

»Ich habe die Passiercodes bis zur Tür vom Zero, aber ich habe den Endcode nicht ... gib du ihn mir, Azur.«

»Warum sollte ich dir die Tür zur Hölle geben, wenn ich schon im Paradies bin?«

Atharva drehte sich um. Er hätte es an den Worten, die Azur seit ein paar Minuten von sich gab, merken müssen. Der Alte hatte nicht widerstanden. Er hatte sich sofort mit einem Tropfen Nuhifa berauscht. Jetzt lag er mit seligem Blick ausgestreckt am Boden und strampelte wie ein Neugeborenes.

»Den Code, Azur!« schrie Atharva und schüttelte ihn, »den Endcode!«

»Hast du jemals Kastanien gesammelt, nachdem es geregnet hat, Atharva? Große, leuchtende Kastanien. Als ich klein war, bin ich oft Kastanien sammeln gegangen ...«

»Den Code oder ich bring dich um, Azur!«

»Glaubst du, daß mich das interessiert? Ich bin für immer glücklich, Atharva ... nichts kann mich mehr verletzen.«

»Sag mir, wie ich weitermachen muß ...«

»Es hat mich nie interessiert, den Weg zum Zero zu finden, aber ein anderer Komponist hat ihn gefunden ... es wird dir nicht schwerfallen, im Operationsspeicher herauszufinden, wer sich noch für die Familie Huhn interessiert ... *sie wird krank, sitzt sie neben der Schwester auf der Bank* ... und nun leb wohl ...«

Atharva packte den Alten am Hals, dann ließ er ihn los. Er hätte nichts Vernünftiges mehr aus ihm herausbekommen. Er war für immer in den Armen von Nuhifa. Ihn umzubringen wäre überflüssig gewesen. Er würde das Geheimnis niemandem mehr verraten.

›Ich habe vier Codes‹, dachte er, ›und weiß, wie ich bis zum Archiv komme. Jemand anders weiß, wie man hereinkommt. Ich brauche nur zu warten.‹

18.

»Aus diesen letzten zwanzig Jahren der Überschwemmung und Überströmung mit Neuerscheinungen, die Anwesenden ausgenommen, würde ich nicht mehr als drei Bücher retten. Eines davon ist sicherlich das Buch von Melissa Turbo, das für die Literatur unseres Landes wahrlich einen erfrischenden Wasserstoß darstellt.«

»Wind«, suggerierte Melissa schüchtern.

Es sprach gerade der erste der Mißgünstlinge, der Minister für Literaturkritik Enzo Ramanzer, bekannt durch seine *Weltgeschichte der Literatur,* Pflichtlektüre in allen Schulen. Alice und ich hörten zu, Hand in Hand verkrochen in die süße Ruhe eines Séparées.

»In Zeiten, in denen ein vielleichtgeborenes polystilistisches Delirium die Autoren zum Wortschwallen treibt über man-weiß-dann-selbst-nicht-was, hat ein Buch wie dieses, noch nicht erschienen, oder vielmehr noch gar nicht geschrieben, die Anmut und die Reinheit eines Klassikers.«

(Applaus)

»Die Nicht-Prosa Melissa Turbos, ihr Zurückweisen der fatalen Begegnung mit dem Schreiben, ihr kraftvolles Desinteresse für politische und soziale Probleme, die nicht im Interesse des wahren Künstlers liegen, um sich hingegen ganz der nackten Wahrheit des Nicht-Werkes zu widmen, genau dies alles macht Melissa Turbo zu einer der besten Schriftstellerinnen der Gegenwart. Danke Melissa, für dieses wunderbare Geschenk. Ich bin erfreut, dir den Seneca-Bon-Preis 1990 für das nächstbeste Buch zu überreichen.«

»Danke«, sagte Melissa, »und jetzt möchte ich einige Seiten lesen ...«

Es entstand ein Gemurmel zwischen Horror und Bestürzung.

»Ich wollte sagen: Einige Seiten der heutigen Speisekarte.«

Mit einem Seufzer der Erleichterung schnellten alle Richtung Speisesaal los und ließen uns allein.

»Es ist Zeit, daß wir die Aktion starten«, sagte Alice, »der Film, den wir suchen, ist im Archiv Zero, dem geheimsten und unzugänglichsten Ort des Regimes. Vor kurzem ist es mir gelungen, seinen Standort und die Passiercodes herauszufinden.«

»Küß mich. Wie hast du das gemacht?«

»Behalte deine Hände bei dir. Die selbstlose Aufopferung vieler Rebellen hat ermöglicht, daß man der Entdeckung des Zero näher kam. Ich habe ihre Informationen neu geordnet und habe den Weg gefunden.«

»Nur einen Kuß. Warum bist du Rebellin geworden? Was hast du vorher gemacht?«

»Ich war Stunt-Model. Fotomodell, spezialisiert auf gefährliche Reportagen. Das Publikum hatte die Kunstdruck-Reportagen satt, und so kamen die Stunt-Models in Mode. Fotoreportagen von der Front, zwischen Bombardierung und Hungersnot. Kontrast: Look und Panzer, Seide und Blut, Schmuck und Bomben. Ich arbeitete zusammen mit Hector Ruchlos, einem Spezialisten auf diesem Gebiet. Meine erste Reportage machte ich während des Erdbebens in San Francisco. Ich schritt über die eingestürzte Autobahn.«

»Küß mich. Hattest du keine Angst?«

»Doch. Aber es war immer noch besser, als auf diesem lächerlichen Laufsteg auf und ab zu laufen. Dann machten wir eine Reportage in der Bucht von Ancork, wo die Öltanker zusammengestoßen waren. Alles war nur noch ein schwarzer und schleimiger Sumpf. Mitten drin stellte ich grelle Badekostüme zur Schau. Das Unternehmen hatte eine Werbekampagne gestartet: Die Hälfte des Werbebudgets war für das Waschen der verteerten Möwen von Ancork vorgesehen. Es war ein Erfolg. Das Bild, auf dem ich, nackt, dem weißen Bären die Pfoten mit Trichloräthylen wasche, kam auf alle Titelseiten. Der Verkauf stieg.

Die Anzahl der Tiere nicht. Da begann ich, an dem, was ich machte, zu zweifeln.«

»Und was passierte dann?«

»Dann entschied die Fiat International, den neuen Fiat Eremita herauszubringen. Erinnerst du dich an den Slogan ›Schenkt eurem trüben Alltag eine abgelegene Ecke des Wohlstands und der Natur‹? Vielleicht erinnerst du dich an den bekanntesten Spot: Ein Fiat Eremita fährt in die Bowery rein und quetscht Crackdealer und Süchtige gegen die Mauer. Ein Eremita Spyder läßt während der Fahrt auf der Amazonas-Autobahn die Bäume wieder wachsen. Ist das mein Kleid, das du da in der Hand hast?«

»Ich wollte nach der Marke sehen.«

»Besessener. Ich wurde für den Spot ›Eremita in Afrika‹ ausgewählt. Plot: Ein Auto fährt durch die Wüste, und überall wo es vorbeifährt, schießen kleine fröhliche Neger hervor und es entstehen Oasen und Quellen. Ich stehe auf dem Dach im Ralley-Overall und lächle wie eine Madonna. Der Spot war voller Überraschungen. Zunächst hatten sie einen Ort in der Wüste gewählt, der nicht öde genug war. Alle Palmen mußten ausgerissen werden. Die örtlichen Negerlein waren zu häßlich. Sie ließen hundert aus einem anderen Dorf kommen. Dann wurde gefilmt. Der Fiat Eremita fuhr mit Vollgas durch die Dünen, und die Negerlein sollten erst im letzten Augenblick auf ein Zeichen des Regisseurs hin ausweichen. Je später sie auswichen, desto aufregender war die Szene. Der Eremita fuhr los und erwischte sechs von zehn Negerlein voll, zudem zwei Kamele und einen Schamanen. Wir mußten die Szene oft wiederholen. Ein Massaker. So entschied ich mich, zu den Rebellen zu wechseln und wurde die Geliebte eines Parteibonzen ... regt dich das auf?«

»Ja. Kann ich die Schuhe ausziehen?«

»Wenn sie das einzige sind, was du noch anhast, ja. Ich wurde offizielle Geliebte des Regimes, mit regelmäßigen Einschreibungen im Mitgliedsbuch, denn das war die einzige Möglichkeit, an die Kompositionen zu gelangen und der Sache zu dienen. Das war vor sechs Jahren. Seitdem habe ich hart gearbeitet, und ich habe es geschafft. Du hingegen nicht.«

»Dieses BH-Modell kenne ich nicht.«

»Jetzt, wo du hier bist, Bedrosian Baol, mit deiner Magie werden wir es schaffen, Archiv Zero zu erreichen. Das Regime wird weder über Grapatax noch über viele andere lügen können. Wir werden die primäre Realität verteidigen. Wir werden ihre Lügen demaskieren und ihre kapitalinformatorischwirrwarrathodischpanische Unterdrückung bezwingen. Wir werden Frieden und Wohlstand in die Welt bringen. Küß mich, Baol. Und erzähl mir von ihr, von der, die ich wäre.«

»Sie existiert nicht mehr ... sie hat mich vor vielen Jahren verlassen, sie hat mich sitzengelassen ... sie war eine Taschenspielerin in den Nachtlokalen wie viele andere ...«

Ein messerscharfer Blick ließ mich erstarren. Alice hatte schlagartig ihre Absichten geändert. Sie zog sich wieder an, was ich mit schmerzhaftem Interesse verfolgte.

»Warum«, fragte ich, »warum?«

»Wir waren dabei, unsere Mission zu vergessen,

Rebell Bedrosian«, sagte Alice, »und wir haben nicht viel Zeit. In Kürze werden sie die Lichter ausmachen und die nächtlichen Alarmanlagen und die tagblinden Vigilantes treten in Funktion. *Ad inferos!*«

19.

Mitten auf einer Riesenfläche von Gestrüpp stand das alte Gebäude der Nationalen Showanstalt, ein in die Vergessenheit versunkenes Schiff. Gras und Ranken waren in die Fenster gedrungen, und auf den abgeschabten Wänden konnte man noch undeutlich die Fresken von der Revolte der Souffleure und der Erschießung der Heuchlerischen Ansager erkennen.

Die Blumen, die einmal die breite Eingangsstraße geschmückt hatten, blühten der Zeit zum Trotz noch immer, es sprossen Gardenien auf Kieshaufen, Tulpen zwischen den Backsteinen, Bougainvillea auf skelettartigem Schrott und Petunien auf herabgefallenen Balken. Es war so, als ob die tröstende Hand der botanischen Witwenschaft diesem verlassenen Friedhof ihre Huldigung erwiesen hätte.

Wir gingen durch eine eingeschlagene Tür und liefen einen langen Korridor voller Statuen entlang. Es waren Vivs, oder besser vergessene Vips, jene, die das Regime gegen neue ausgetauscht hatte. Auf die Sokkel hatte eine mitleidlose Hand traurige Nachrufe gekritzelt.

Wir blieben vor einigen stehen.

Roberto de Pasquale
war der dümmste, schwachsinnigste Banale
aber noch ein viel Dümmerer als er erschien
und schlagartig war er eine Sache, eine normale
so ging er unter, der Roberto de Pasquale

Alfons Hufschmied
wurde bekannt durch sein Lied
»Du und dein Sexappeal«
er sang es sechsundachtzigmal ganz ohne Stil
doch dann kam Alfred Perversil
der sang »Du und dein Achtappeal«
und das hundertachtundsechzigmal sehr verwegen
und der eisernen Gesetze des Marktes wegen
endete Hufschmied vergessen und unterlegen

Nico Laufton
erfand eine neue Form der Teleaggression
er drang in die Küche des Stars
als dieser sein Frühstück gerade aß

aber sofort darauf
gelang es Nico Hauf
ins Klo zu dringen mit der Filmkamera
und Nico Laufton stand blöde da
wer weiß, was er jetzt macht, die Geschichte ist wahr

Johnny Hall
liebte den Sex, das Kokain und den Speedball
er war eine Bestie des Rock 'n' Roll
dann kam Johnny Kühne
und kotzte auf die Bühne
dann kam Joe Pranzter
und verschluckte Hamster
dann kam Johnny Blöchert
und hat sich mit Nadeln durchlöchert
dann kam Joe Zahn
und trank Sakrotan
dann kam die Regime-Wende
und setzte allem ein Ende
dann kam Johnny Schönpflänzchen
und sang den »Rock der Gänschen«
in einem Spitzenkränzchen
es war immer Johnny Hall, der wählte um zu essen
fortwährend populärere Interessen
doch das Ende kann man vergessen

Francesca Hund
hatte den größten und sinnlichsten Mund
wenn sie auf dem Staatskanal sagte: »ciao«
wurde jeder Mann zu einer Sau
und ein jeder wäre in diesem See ertrunken

in den Konturen des Lippenstifts versunken
doch nach zwei Wochen
kam Francesca der Knochen
die hatte den Mund eines Rochen
siebenmal größer als ein normaler Mund
und Francesca Hund
wurde beim Staatsfernsehen rausgeschmissen
seid sicher, ihr Ende war beschissen

Arrigo De Benhur
war der Meister der Zensur
er entzückte Apotheker und Lehrerinnen
mit seiner Vaselinestimme – sie waren von Sinnen
doch dann kam Georg Schnur
der Meister der Totalzensur
las des Parteibonzen Heldentaten
Feuer und Flamme aus seinem Kopfe traten
beängstigend war seine große Stimme
der arme Benhur erschien wie ein Nönnlein
rausgeschmissen hat ihn über Nacht der Verein
auf einer Bank sitzt er nun krank und allein
liest Waschzettel von Medizin gegen Herzenspein

Klaus Böhnig
war der Conférencier-König
er sagte »Meine Damen und Herren« so zart
alle fühlten sich von hochwohlgeborener Art
selbst in Gegenden, wo man nur noch in Müll trat
eines Morgens stand er auf und zufällig
wurde ein Pickel auf seiner Nase vorstellig
da half kein Licht, keine Schminke, kein Wehen

das Gebrechen war nicht mehr zu übersehen
und das Fernsehen ließ ausrichten, er könne gehen
ein bemaltes Gesicht mit Clownnase dran
macht nun ab und zu und dann und wann
in einem billigen Zirkus den Hampelmann
man darf es nicht sagen, er ist ein glücklicher Mann

Nach dem Saal der Vivs wurden die Gänge enger, und wir kamen nur noch mit Mühe in den Tausenden von Metern Filmband vorwärts, die sich überall wie ein großer Dornbusch verwickelten. Stapelweise lagen beschlagnahmte Fernseher herum, alle aus den Zeiten, da jeder Fernseher, der älter als drei Jahre war, als gesetzeswidrig erklärt wurde. Man sah modrige Bühnenkostüme und hier und da Mäuse, glitzernd von Pailletten, in denen sie sich gewälzt hatten. Eine Maus in Rot, eine Maus in Gold, eine Maus in Regenbogenfarben, ein Mausoleum. Von einem Fenster aus stiegen wir in den Innenhof hinab. Der Weg änderte sich. Alles war weiß und staubig wie auf einer Mondbasis. Eine Reihe pyramidenförmiger Gebäude mit leuchtenden Nummern schien in der Nacht auf. Die Nummern gingen von zwölf bis eins. Die Lager der primären Realität.

Vor diesen Lagern herrschte große Bewegung. Da ihr Inhalt wirklich äußerst wichtig und geheim war, wurden sie von einer speziellen und sehr modernen Armee überwacht. Aber das, was sich uns offenbarte, sah mehr nach einem Ballett aus oder dem Nachmittagsausflug einer Irrenanstalt als nach einer funktionierenden Armee. Seltsam gekleidete Leute kamen und gingen ohne erkennbaren Grund, hielten oder verstellten Objekte und grüßten sich auf bizarre Weise. Ab und zu ließ einer einen Schrei oder eine Zurechtweisung los, ohne daß jemand vor ihm stand. Es gab welche, die seltsame Marschschritte skizzierten, welche, die im Kreis liefen, welche, die in die Luft schossen. Unserer Frage zuvorkommend, erklärte René die Kuh:

»Das was ihr seht, ist eine moderne Geheimarmee, entwickelt nach den neusten Erkenntnissen der Theorie der Zypernstrategie in der Simulation und der psychologischen Kriegsführung. Der Inhalt der Lager ist so geheim, daß er nicht von normalen Verteidigungsapparaten beschützt werden kann. Würden die Feinde oder Rebellen vor den Lagern Hubschrauber, Panzer oder Soldaten in Kriegsausrüstung sehen, würden sie die Geheimstufe dieses Ortes sofort erkennen. Zudem sind hier so geheime Sachen, daß es nicht allen Militärs erlaubt ist, sie zu kennen, also: Einige kennen die Geheimnisse nicht und verhalten sich dementsprechend, andere kennen die Geheimnisse, dürfen es aber nicht zeigen, denn sonst würden sie ihre Geheimrolle als Geheimnisträger verraten.

Weitere Besonderheit: Da die Geheimnisse so geheim sind, ist die Strafe im Falle eines Fehlers sehr hart. Nur wenn man sich weit weg von den Geheimnissen aufhält, wird man sagen können: Ich war nicht da, ich habe damit nichts zu tun, es war nicht mein Turnus. Also, obwohl es Pflicht ist, die Geheimnisse genau zu überwachen, versuchen alle zur gleichen Zeit, sich nicht in der Nähe der Geheimnisse aufzuhalten, eine Sache, die durch den Umstand ermöglicht wird, daß jene, die darüber wachen, daß die Geheimnisse überwacht werden, sich oft woanders aufhalten, da sie sich nicht in der Nähe der Geheimnisse aufhalten wollen, so daß sie sagen können, daß nicht sie es waren, die über die Wachen der Geheimnisse zu wachen hatten, für den Fall, daß die Geheimnisse verletzt würden. Ich weiß, daß es nicht einfach zu verstehen ist: aber das Ergebnis habt ihr ja vor Augen.

Weitere Schwierigkeit: Gemäß dem neuen Geheimrundschreiben darf niemand als Militär angezogen sein (spezielle Paradetruppen ausgenommen). Alle sind in Zivil, aber nicht zu zivil, denn ihr Dienstgrad muß erkennbar bleiben. Also haben die einfachen Soldaten Jeans an, die Unteroffiziere eine Jacke mit gelben Quadraten, die Hauptmänner einen Footing-Overall mit drei Sternen auf dem Rücken, die Majore bemalte Stiefel, die Obersten sind an der Anzahl der Knöpfe am Zweireiher zu erkennen, sechzehn, während die Generäle am geheimsten getarnt sein müssen, weshalb sie als einfache Soldaten verkleidet sind, jedoch haben sie einen Säbel.

Weitere Besonderheit: die Waffen. Alle tragen sie versteckt oder getarnt. Ihr seht sie aus Jacken und Taschen herausschauen: Gewehre, als Regenschirme verkleidet, Projektile, als Ohrringe getragen. Sie haben Panzer aufgestellt, jedoch mit Preisschildern, so daß man denkt, sie stünden zum Verkauf dort, und seht ihr den Hubschrauber dort ohne Propeller, da wird der Feind verrückt, wenn er sich fragt, wie der abheben kann (er kann es nicht!, das ist das Geheimnis).

Des weiteren müssen in einer modernen Geheimarmee alle etwas machen, aber niemand darf etwas bestimmtes machen, was seine Befugnisse verraten könnte. Man muß also militärisch abgelenkt, zerstreut wachsam und kämpferisch abwesend sein. Man sieht die Soldaten hierhin und dorthin gehen und Kisten, Kistchen, Bomben, Besen und Waschbecken verrükken. Jeder, der an einem Vorgesetzten vorbeigeht, hat die imperativ-fakultative Pflicht, ihn auf eine Weise zu grüßen, die ihn nicht verrät. Einige machen seltsame Gesten mit den Händen, andere strecken die Zunge heraus, wieder andere haben gelernt, die Ohren zu bewegen. Die Gefreiten überwachen, daß niemand marschiert. Denn nichts würde die Stärke, die Inquadratur und die Befugnisse einer Abteilung mehr preisgeben als ein Marsch. Die Soldaten dürfen deshalb auf keinen Fall marschieren (wehe dem, der drei rhythmische Schritte macht). Der Gefreite muß ihren Nicht-Marsch leiten, ohne sie anzuschauen. Der Unteroffizier muß die Reinigung der Toiletten kontrollieren, aber da auch die Toiletten geheim sind, ist es verboten, sie zu benutzen. Deshalb regt sich der Unteroffizier ab und zu auf und macht einen Aufstand (wie ihr es gerade erleben könnt) *niemandem* gegenüber. Die, die immer unbeweglich herumstehen, sind die Hauptmänner, die sich davon überzeugen müssen, daß die Wachposten an ihrem Platz sind. Aber aus offensichtlichen Motiven der Verschwiegenheit gibt es keine Wachposten. Die Hauptmänner verbringen ihre Zeit mit Sadomasocomics, was den Feind noch mehr verwirrt. Die Obersten hätten die Aufgabe, sich umgänglich bei der Truppe aufzuhalten. Würden sie es jedoch machen, gäben sie ihren Dienstgrad preis. Also sind sie dazu verdammt, auf kilometerlangen Strecken herumzustreifen, ohne mit jemandem reden zu dürfen. Zuletzt also der General, der die Kaserne inspiziert: Er ist dieses Männchen da, das den Müll zusammenkehrt und von allen mit zwei Händen in der Tasche oder mit einem Mundfurz gegrüßt wird, eine Mischung aus Ehrerbietung und Mißachtung, die geschickt die Vorstellungen des Feindes verwirrt.

Alles das mag verrückt erscheinen, unnütz und kostspielig, aber eine richtig moderne Armee, geheim und offen gegenüber den Problemen des Landes, kann sich nicht anders verhalten. Ihr könnt sicher sein: Wenn getötet werden muß, kehren sie zu den alten Methoden zurück. Ihr wißt genau, was mit denen geschieht, die in ihre Hände fallen.

Aber keine Angst«, schloß René die Kuh und schaute mir in die Augen, »diese Geheimnisse sind nichts im Vergleich zu denen, die einige von uns in ihren Herzen hüten. Denn, wie sagt das Baolian:

Das wahre Geheimnis
ist dein Atem wenn du schläfst.«

»Ich wußte nicht, daß du so gebildet bist, René«, sagte ich etwas überrascht.

»Ihr Baol unterschätzt immer alle. Jeder Catcher muß, bevor er zum Kämpfen zugelassen wird, Semiotik der Aggressivität, Japanisches Theater und Mind-Building studieren.«

»Es reicht mit dem Geschwätz«, griff Alice ein, »jetzt mußt du uns sagen, Baol, wie wir hier vorbeikommen.«

»Das wird nicht weiter schwer sein«, antwortete ich, »du, Alice, gehst vorne weg und trägst den Mikrokompiuter so, daß man ihn gut sieht. Wir folgen und singen »A media luz«. Ich werde ab und zu stehenbleiben und jemandem die folgende Wortsequenz mitteilen:

Und unter dem Baum / der Aprikose
steht Ludwig / im Mund eine Dose
so daß das Ohr / des Feinds, des Feigen
von Ludwig nichts hört / als nur sein Schweigen

So war es. Die Summe dieser spektakulären Effekte veranlaßte alle, an eine unvorstellbar geheime Mission zu denken, und die Militärs machten sich aus dem Staub, denn wenn die Mission echt war, wollten (oder konnten) sie ihre Nase nicht in eine so geheime Sache stecken, war sie jedoch falsch, wollten sie nicht in eine mögliche Geheimuntersuchung verwickelt sein, die unweigerlich gefolgt wäre. Ohne irgendeinen Zwischenfall erreichten wir so den letzten Teil des Lagers, überragt von einem mit Möwen bedeckten Müllberg. Alice kannte die Näherungscodes genau. Der erste war der Laut eines Hochseeadlers, eines so seltenen Adlers, daß er ausgestorben ist; dieser hat sich ausschließlich von Möwen ernährt, so daß sein Schrei im kollektiven mythologischen Unbewußten der Möwen schrecklich widerhallte und es mit Horror erfüllte. Der Laut war ungefähr so:

HHHHHHHHHHHHHHHHHHHHHHHHHHHS

Während sie ihn ausstießen, erhoben sich die Möwen

wie ein einziger Mann (dies ist ein typischer Satz der Baolsprache).

So gelang es uns, in dem Müllhaufen eine kleine Tür auszumachen. Alice öffnete sie mit dem Akustikcode des Mikrokompiuters. Wir gingen hinein. Während sich die Tür hinter unserem Rücken in einem Aroma aus faulen Eiern und Abfall verschloß, hörte ich vom Himmel die harmonische Stimme des Meisters, der sagte:

»Jetzt wirst du dein Geheimnis erfahren, Bedrosian Baol«

Es folgten acht Takte aus der »Nacht auf dem Monte Calvo« von Mussorgsky. Dem Meister gefielen diese üblen Effekte.

20.

Unbeweglich und versteinert saß der Parteibonze Enoch nun schon seit zweiundzwanzig Minuten vor den Mikrophonen. In dieser Zeit hatte er noch kein einziges Wort gesagt, doch wagte keiner der zahlreich erschienenen Journalisten, etwas einzuwenden oder zu gehen und noch viel weniger zu husten. Ratlos tauschten sie Blicke.

Hinter den dicken Brillengläsern des Parteibonzen erkannte man, daß seine Augen gut geöffnet waren. Also schlief er nicht. Ein leichtes Aufwallen der Halsschlagader zeigte, daß er regelmäßig atmete. Also war er nicht tot. Hinzu kam eine entscheidende Kleinigkeit:

Beobachtete man aufmerksam seine rechte Hand, die verlassen auf ein paar Notizblättern lag, bemerkte man zwei Finger, genauer gesagt Zeige- und Mittelfinger, die von Zeit zu Zeit von kleinen Spasmen durchzuckt wurden, welche, bezeichnete man es noch nicht als Tamburinspiel, doch zumindest die Idee aufkommen ließen, daß der Parteibonze dachte. Es vergingen weitere zwölf Minuten, was insgesamt vierunddreißig machte. Ein Journalist, der seit einer Weile ein Mikrophon ausgestreckt in der Hand hielt, bekam einen Krampf und ließ das Mikrophon fallen. Glücklicherweise war es mit Antivibrations-Schaumgummi gefüttert und machte nicht viel Lärm. Der Journalist bückte sich, um es aufzuheben. Vielen kam es so vor, als verfolgte der Parteibonze diese Aktion mit Strenge. Sicher ist, daß er eine Augenbraue hochzog.

Aufregung erfüllte den Raum. Die Stifte richteten sich auf, und die Aufnahmegeräte gingen los. Es passiert etwas ganz Großes, telefonierte ein Journalist seiner Zeitung.

Leider kehrte die Augenbraue nach ein paar Augenblicken wieder auf ihr gewohntes Niveau zurück. Es folgten weitere zehn unbewegliche Schweigeminuten. Eine Fliege kam in den Raum und überflog verwundert dieses Wachsfigurenkabinett. Der Hofdichter Alonzo Garbo schrieb wie aus einem Guß in sein Notizbuch:

»Wie ein Dorf unter Schnee in der Schneise
die Vibration fürchtet und das Rumoren
so also stand der Pöbel vorm Signoren
bangend, ganz verängstigt, still und leise.«

Nach einer Stunde und zwanzig Minuten begann die Unterlippe des Parteibonzen sich auf langsame aber unmißverständliche Weise von der Oberlippe zu lösen, wie es die in Reihe geschossenen Fotos zeigten. Der Parteibonze war also dabei, das Sprechen vorzubereiten oder das Gähnen, zumindest jedoch das Verlassen der Lethargie.

»Wie ein Bär, der zeigt vor seiner Zuflucht
sein Haupt, das über den Winter er versteckt
die haarigen Glieder sich schüttelt, sich streckt
der Zweifel ihn dünkt, den Schlaf erneut sucht.«

Nach einer Stunde und sechsundvierzig Minuten stand der Mund des Parteibonzen völlig offen, und im Rachen sah man die Mandeln sowie die Plomben des zweiten und dritten Backenzahns.

Danach also sprach er: »Bezüglich der schweren Vorfälle von gestern / konnte alles aufgeklärt werden / der Komponist Baldini / wurde Opfer eines Fehlers / beim Bedienen eines Lasersystems / während hinsichtlich Dr. Atharva / alle Vermutungen, er sei verschwunden / völlig unbegründet sind / er befindet sich im Urlaub in der Gegend von Marina / von wo aus er uns / eine Videokassette geschickt hat.«

»Wie ein Blitz das Wolkenmeer reißt in zwei
so in der dubiosen Versammlung seiner Rede
warf Licht auf jed's faul und gemeine Gerede
auf jed's falsch' Gerücht, das zur Hetze gab frei.«

Es folgten weitere zehn Minuten des Schweigens. Niemand wagte, Fragen zu stellen. Bis schließlich, ganz schüchtern, ein debütierender Journalist sagte: »Da Atharva ein Realitäts-Komponist ist, könnte es da nicht sein... ja, also, könnte er da nicht eine gefälschte Videokassette komponiert haben?«

Der Parteibonze lachte. Alle lachten. Der Parteibonze lachte lauter. Alle lachten lauter. Der Parteibonze schüttelte den Kopf. Alle imitierten ihn. Der Parteibonze schlug mit der Faust auf den Tisch. Alle schlugen mit der Faust auf den Rücken des Vordermannes, die ganz vorne schlugen sich auf die Brust. Dann sagte der Partebonze: »Nein!«

Eine eisige Dusche signalisierte das Ende der Pressekonferenz. Alle Journalisten kehrten in ihre Redaktionen zurück, bis auf einen.

Viertes Kapitel

Von der Hölle und den fürchterlichen Dingen,
die man dort antrifft

Alle hundert Jahre werden zwei Baol Feinde sein,
Alle hundert Jahre werden sie kämpfen müssen, bis
Nur einer übrigbleibt.

(BAOLIAN, drittes Buch, vv. 163–165)

Das Glück ist blind
doch das Pech sieht ausgezeichnet.

(FREAK ANTONI)

21.

Ich war zu allem bereit, als wir den Untergrund, in dem das Archiv Zero behütet wurde, betraten. Aber ich stieß auf das Schlimmste, was mir hätte passieren können.

Einen Schleimscheißer.

Es gibt keine schrecklichere Waffe in der Hand eines Regimes. Sein Scharfsinn in der Beurteilung, wer etwas zählt und wer nicht, ist unfehlbar. Ihn zu bestechen, ist schwierig, da er weiß, wer ihm mehr geben kann. Schmeicheln darf man ihm nicht, denn Schmeicheln ist sein privilegiertes Terrain. Man kann ihn nicht erschrecken, denn er weiß, wer ihn beschützen kann. Er weiß, wer die Treppe der Hierarchie hinauf- und wer sie hinabsteigt: Ein mißbilligender Blick seinerseits ist der beste Beweis für eine beendete Karriere.

Hinter ihm an der Wand drei Bilder des Parteibonzen (Versammlungsteilnehmer, Yachtmann, in Familie). Vor ihm, auf einem superordentlichen Schreibtisch, Dutzende von Skandalblättern mit ausgelassenen Nächten, Himmelbettgeheimnissen, Startumoren, fettabgesaugten Diven und vor allem Meldungen von der mondänen Bühne: Wer da war und wer nicht und warum. Selbstsicher visiert uns der Schleimscheißer von seinem Schreibtisch aus an, ein unüberwindbarer trikothurnleckender Zerberus.

»Wo wollen Sie hin, meine Herrschaften?« fragte er in förmlichem Ton.

»Zu den Archiven.«

»Wer schickt Sie?«

»Geheime Mission. Wie Sie bemerkt haben, besitzen wir den Passiercode.«

»Das reicht nicht. Für eine geheime Mission brauche ich eine Mitteilung von Dr. Pelosino. Schickt Sie Dr. Pelosino?«

»Nein.«

»Dann tut es mir leid, meine Herrschaften, wenn Sie nicht Dr. Pelosino schickt, können Sie nicht passieren, es sei denn, Sie haben einen höheren Befehl.«

»Die Mission betrifft die Innere Sicherheit.«

»Also wenn sie die Innere Sicherheit betrifft, brauche ich eine schriftliche Genehmigung des General Schlegel. Schickt Sie General Schlegel?«

»Nein.«

»Dann tut es mir leid, meine Herrschaften, aber ich kann Sie nicht passieren lassen, es sei denn, Sie haben einen höheren Befehl.«

»Dann rufen Sie doch den Leiter des Special Service an.«

»Bist du verrückt?« flüsterte Alice. »Die werden uns entdecken.«

»Ich weiß, was ich tue«, antwortete ich.

Widerwillig, doch von meiner Baolsicherheit ziemlich überrascht, rief der Schleimscheißer die Abteilung Special Service an. Eine höfliche Polyphonie von Sekretärinnen antwortete ihm.

Er fragte nach Dr. Gherets, doch der war in einer Versammlung.

Dr. Zwiebel war mit dem Auto in den Bergen unterwegs und empfing die Telefonsignale nicht.

Dr. Aberwenn war vor wenigen Augenblicken gegangen, vielleicht erwische ich ihn noch, nein, er ist schon weg.

Dr. Alzamendi war unterwegs, um Arbeiten zu kontrollieren.

Dr. Rohr war gegangen, um Dr. Alzamendi eine Tüte zu bringen.

Dr. Rübe war mit den Japanern unterwegs.

Dr. Amadei war mit Nasenbluten im Bad.

Dr. Bajk hielt Dr. Amadei den Kopf.

Es folgte eine zweite Telefonrunde:

Dr. Gherets hatte die Versammlung verlassen und war gegangen, um über die Versammlung Bericht zu erstatten.

Dr. Zwiebel war in einem LKW-Stau gefangen und empfing die Telefonsignale nun noch weniger.

Dr. Aberwenn war für einen Augenblick zurückgekommen, jedoch sofort wieder gegangen, vielleicht erwische ich ihn noch, nein, er ist schon weg.

Dr. Alzamendi hatte die Tüte von Dr. Rohr erhalten und untersuchte gerade den delikaten Inhalt.

Dr. Rohr wartete auf die Ergebnisse dieser Untersuchung.

Dr. Rübe war mit den Arabern unterwegs.

Dr. Amadei war noch immer mit Nasenbluten im Bad und bangte um sein Leben.

Dr. Bajk war gegangen, um die Familie Amadei zu unterrichten.

»Nun, treffen Sie niemanden an?« sagte ich und tat ungeduldig.

Der Schleimscheißer breitete die Arme aus.

»Es tut mir leid, aber niemand kann für Sie garantieren... Sie müssen wieder gehen, denn ohne höheren Befehl...«

«Entschuldigen Sie, Sie haben alle angerufen, doch den wichtigsten vergessen...«

Der Schleimscheißer spitzte die Ohren.

»Von wem sprechen Sie?«

»Von Dr. Altenmaier.«

Bei diesem (selbstverständlich erfundenen) Namen erbleichte der Schleimscheißer.

»Wirklich...« stammelte er.

»Ich weiß sehr wohl, daß es vernünftiger ist, ihn, den wahren Geheimchef der Geheimdienste, so selten wie möglich anzurufen, doch in Anbetracht der Dringlichkeit... Sie kennen ja seinen üblen Charakter. Und wenn er erfährt, daß er nicht konsultiert wurde...«

»Diesbezüglich ist mir etwas zu Ohren gekommen«, sagte der Schleimscheißer, »eine Person von Größe...«

»Über die Größe spricht man nicht«, sagte ich, »sicher, wenn einer so mächtig ist, kann er sich einige Ausschreitungen leisten... Sie wissen, auf was ich anspiele... der Fall Fiorillo.«

»Der Arme«, sagte Alice.

»Was ist mit ihm geschehen?« entfuhr es dem Schleimscheißer.

»Na, Altenmaiers gewöhnlicher Wutausbruch mit einem Brieföffner und zack, Fiorillos Hand angenagelt auf dem Tisch. Und während er dort angenagelt war, spuckte ihm Altenmaier fortlaufend ins Gesicht... selbst als der Parteibonze in Person kam, hörte er nicht auf...«

»Der Parteibonze in Person!« schrie der Schleimscheißer und sprang auf.

»Ganz genau. Und man sagt«, ich näherte meinen Mund seinem Ohr, »daß selbst der Parteibonze vor ihm Angst habe. Kennen Sie diese Geschichte mit den Sekretärinnen?«

»Ich habe gehört...«

»Altenmaier ist ein Besessener... er fällt sie überall an... er legt sich im Fahrstuhl auf die Lauer, versteckt sich hinter Kaffeeautomaten, springt sie am Fotokopierer an. Es kommen Kopien voll mit seinen Handabdrücken heraus und mit anderen Spuren, ich sag besser nicht, welche ... einmal hat er es sogar bei der Sekretärin des Parteibonzen in Person versucht.«

»Nein!«

»Doch, und zwar, das ist das schlimmste, als sie auf dem Schoß des Parteibonzen saß.«

»Der hat vor niemandem Angst«, sagte René die Kuh und zeigte seinen Oberkörper, auf dem einige Flicken zu sehen waren. »Sehen Sie diese Narben? Ich war sein Leibwächter. Jedesmal, wenn auf ihn geschossen wurde, hob er mich hoch, hundertfünfzig Kilo, und benutzte mich als Schutzschild. Einmal, als ich nicht da war, nahm er seine Frau. Durchlöchert! Ein echter Männätscher.«

»Mamma mia!« stöhnte der Schleimscheißer.

»Ich erinnere mich an einmal, als sie ihm nicht die Leitung durchstellten ...«

»Es reicht, es reicht«, flehte der Schleimscheißer.

»Also, rufen Sie ihn an? Sie kennen seine Geheimnummer, oder?«

»Könnten Sie ihn nicht anrufen?«

»Wie Sie wollen. Entschuldigen Sie, wenn ich mich umdrehe, aber Sie kennen doch sicherlich Altenmaiers Sicherheitsvorschriften.«

Ich wählte die Nummer der Apocalypso-Bar. Galles antwortete.

»Hier Bedrosian in spezieller Mission. Habe ich die Erlaubnis, in die Hölle zu gehen?«

»Und ob du die hast, Nervensäge, und da darfst du auch verrecken, verfluchter Säufer, rufst du mich eigentlich absichtlich während des Spiels an?«

Ich legte den noch schreienden Hörer auf.

»Ein schwieriger Charakter, nicht wahr?« sagte ich.

»Ich hoffe, daß Sie Dr. Altenmaier nicht von den wenigen Minuten berichten werden, die ich Sie habe warten lassen...« sagte der Schleimscheißer.

»Sie haben uns nicht gesehen, wir haben Sie nicht gesehen«, sagte Alice.

Der Schleimscheißer verbeugte sich mehrere Male und äußerte Worte der Achtung und Untergebenheit, während er uns zur Tür der Archivzone begleitete. Wir verabschiedeten ihn fürstlich.

»Woher wußtest du, daß er niemanden vom Special Service antreffen würde?« fragte Alice, während wir uns entfernten. »Ein Baoltrick?«

»Kein Trick«, sagte ich, »im Fernsehen läuft das Spiel.«

22.

Wir fanden uns in einem riesigen Metallkäfig wieder. Der Boden bestand aus einem Gitter, unter welchem man einen tiefen Abgrund sah. Es vibrierte so, als würde es jeden Augenblick zusammenbrechen, und vom Abgrund her kam ein heißer Wind und der Lärm großer Maschinen. Verschiedene Treppen und Brükken, die alle aus diesem feinen Eisengewirk gemacht waren, führten in unterschiedliche Richtungen. Man lief wie auf einem Spinnennetz.

Sicher kletterte Alice die kleinen Treppen empor, bis sie an eine kam, die plötzlich wieder abfiel. Sie war nicht breiter als einen halben Meter und schwankte so, als ob sie von einer unsichtbaren Hand bewegt würde.

»Da gehe ich nicht runter«, sagte René.

»Die ist elastisch wie eine tibetanische Brücke«, sagte Alice. »Die bricht nie zusammen. Vertraut mir.«

Schritt für Schritt stiegen wir in die Eingeweide des metallenen Spinnennetzes hinab und stießen auf eine gepanzerte Tür, auf der das Emblem der Sponsoren der äußerst geheimen Abteilung prangte. Die letzten zehn Archive und nach ihnen: das Zero. Die Tür nahm den Code an, öffnete sich und schloß sich wieder hinter uns. Was erwartete uns?

Nur ein halbdunkler Schuppen mit Zierblumen, aufgrund der hohen Temperatur zumeist Wüstenpflanzen. Dann kamen nacheinander herein:

ein großer geflügelter Drache
ein Drache
ein kleiner Drache
ein winziger Drache
ein King-Kong
ein Schuhsaurier
ein Ekelmäleon
einige Fratzen von Notre-Dame
sechs Harpyien
ein Zyklop
ein großer knoblauchduftender Serbe
eine Raupen-Anakonda
eine Haselnuß-Python
ein Krake mit neunzig Meter langen Armen
ein Triceratops
ein Stegosaurier
zwei Wirsindsäue
vier Heavy-Metal-Rock-Bands:

die Hellraisers
die Hafen Slawkenbergius
die Südkurve
die Crevecoeur
ein Werwolf
ein Wercockerspaniel
ein weiterer King-Kong (das Remake)
ein Zaramageddon
eine riesige Languste
eine anormale Welle
ein präsidenzialer Trüffel
ein Gorilla mit Nachkommenschaft
neun Tonnen grüne Gelatine
eine riesige Heuschrecke
sechzehn tanzende Skelette
ein Doukipoudontan
ein Oxymoron
ein Opinion-Maker
ein Zombie-Mambo-Orchester
ein amerikanischer Flugzeugträger
ein Minotaurus
ein Minorind
ein Zentaur
ein Zentaur zu Fuß

neunzehn unter ihnen Zerberusse, große Ladinen, Gelludi, Hexen, Empusa muscae, Krebsflossen, klingelnde Meeräschen, fliegende Moskitonetze und Hyppomyrmekos

ein Druckfehler

zweiundzwanzig tropische Monster über alle Maßen die Vorstellungen sprengend, und zwar sechzehn durch

Emphase, fünf durch Hyperbolik und ein winzig kleines häßliches Monster durch Litotes

sechs Monster für Dislokation und zum Verrücktwerden, drei metaphorische Monster und drei ironische

ein Monster der Tüchtigkeit

ein Vampir

ein Sceliphron Shiriprex

ein Wunderknabe

ein Bodybaol

ein riesengroßer Becher Tropikaner-Eis

ein Mammut

ein Teratologe

Aber als die schauderhafte Gehenna, die infame Schar, das höllische Mischmasch, der fürchterliche Aufmarsch, die makabere Versammlung, die bestialische Rotte, die grausame Zusammenkunft, der obszöne Haufen, das mißgebürtige Gesindel, die schreckliche Parade, der unanständige Appell, das üble Pack, das ekelhafte Gemisch, die widerliche Vereinigung, die satanische Bande, die zornige Gesellschaft, die ungesunde Mannschaft, der schleimige Polypenhaufen, das Brechmittelensemble, die finstere Kooperative, der widerwärtige Geleittrupp, die stinkende Ansammlung, die Vermehrung eingestellt zu haben schien, hörte man einen schauerlichen Schrei, der weder von einem Menschen, noch von einer Bestie, noch von einem Diesel kam, der Krach von Zehntausenden von Teufeln, denen die Schließung der Unterwelt und somit ihre Entlassung mitgeteilt wurde.

Es erschien der König der Monster.

Er war so monströs, daß seine Monstrosität unbeschreiblich war:

seine Größe betrug etwa –

mit einem enormen Mund in dem –

und von den Stoßzähnen tropfte eine –

während die monströsen Tastarme –

und auf dem Rücken trug er –

die Krallen seiner Riesenpfoten sahen aus wie –

ein schleimiger Schleim erfüllte ihm –

und sein Schwanz ähnelte –

während zahlreiche Stacheln –

und die Grausamkeit in seinen Augen war –

er kam näher und stieß einen Schrei aus, vergleichbar mit –

und schon schickte er sich mit seinem fürchterlichen Rüssel an –

als ...

»Wunderbar«, sagte ich.

Das Monster blieb stehen und drehte verdutzt den –

»Ich habe noch nie etwas so Schönes gesehen«, wiederholte ich.

Aus den sieben Mäulern kam ein Röcheln, das –

»Ich würde sogar sagen, es ist das perfekt gemachte Monster.«

Der zweilappige Schwanz fing nervös an zu –

»Ich hatte schon davon gehört, doch hätte ich nie gedacht, daß es eine solche Schönheit ist.«

Schlagartig kauerte er sich zusammen auf dem –

Und aus dem dritten Maul oben rechts schlüpfte ein

Männchen in einem weißen Kittel, stieg auf einem Tastarm bis zum rechten Schwanz hinab, den er durchlief, indem er vorsichtig die Stacheln umging, um schließlich auf uns zuzukommen.

»Gefällt er Ihnen wirklich?« sagte er mit einer leicht gerührten Stimme.

»Sehr...«

»Er ist sicherlich meine beste Kreation. Gestatten Sie? Geronimo Balser. Gestalter von Spezialeffekten. Und das ist Albert.« Albert lächelte über alle fünfzehntausend Zähne.

»Ich bin Bredosian Baol, und dies sind Dr. Alice und mein Freund René die Kuh. Ich kenne viele Ihrer Kreationen, diese jedoch nicht. Wieso arbeiten Sie nicht mehr im Filmgeschäft?«

»Das ist eine lange Geschichte«, sagte Balser, »wenn Sie wollen, erzähle ich sie Ihnen: Albert, bring uns Tee und Kekse.«

»Jawohl, mein Herr«, antwortete das Monster, »bevorzugen Sie Darjeeling, Orange Pekoe, Jasmine, China Black oder Taste of Albert?«

»Was ist denn Taste of Albert?« fragte ich.

»Anstelle eines Teebeutels tauche ich meinen Finger ins heiße Wasser.«

»Sie müssen ihn entschuldigen, auch wenn er gut programmiert ist, bleibt er dennoch ein Monster. Hier also die Geschichte.«

DIE GESCHICHTE VON DEN MARSMENSCHEN

»Vor einigen Jahren wurde ich mit einem sehr geheimen Projekt beauftragt. Es war zu den Zeiten, in denen das Regime besonders stark mit Skandalen belastet war und sich wenig internationaler Anerkennung erfreute. Deshalb kam man auf das Projekt Alien. Eine vorgetäuschte marsianische Invasion, die von unseren Streitkräften zurückgeschlagen worden wäre, mit offensichtlichen Vorteilen für Werbung und Politik und zwar:

a) die Schlacht gegen den gemeinsamen außerirdischen Feind hätte die nationale Moral gefestigt und die inneren Spannungen beseitigt;
b) die Wahl unseres Landes als Ort einer Marsinvasion hätte die anderen Mächte sehr viel neidischer werden lassen als eine Olympiade oder eine Fußballweltmeisterschaft;
c) der Sieg über die außerirdischen Truppen hätte für Popularität unserer Armee gesorgt.

Ich wurde beauftragt, Raumschiffe und Aliens zu entwerfen, während die Experten die möglichen Szenarien planten:

a) Alieninvasion auf dem Pol, ausgestattet mit FCKW-Mundgeruch, so daß durch das Atmen das Ozonloch über alle Maßen vergrößert worden wäre, sowie die Alienvernichtung mit vergifteter Zahnpasta;
b) außerirdische Invasion auf dem Großen Golferball, dem gesellschaftlichen Ereignis des Jahres, und Attentate der grasfressenden Alien auf das Green;
c) Invasion von Alienviren in Form von weißem Wür-

felzucker in allen Cafés der Welt und eine dementsprechende Epidemie.

Ich machte meine Arbeit mit Sorgfalt. Ich konstruierte ein wunderschönes Raumschiff, inspiriert von einer Medusa, der Phisiobula danzerina. Dann konstruierte ich neunundvierzig kleine champagnerfarbene Marsmenschen mit kartoffelartigen Köpfen und Tiefseefischaugen, auf zwei Beinen lustwandelnd mit einem langen Schwanz, also dreifach gestützt, mit großer Beweglichkeit und einfachem Einparken. Danach baute ich den Chef der Marsmenschen und ließ mich von Max Ernsts Buch *Une semaine de bonté* inspirieren. Ich war mit meiner Arbeit sehr zufrieden. Die Parteibonzen weniger. Sie meinten, diese Kartoffeloiden würden nicht ausreichen, um die Leute zu erschrecken. Man wollte etwas wirklich Monströses. Sie gaben mir den Befehl, Albert zu konstruieren. Die Marsmenschen wurden zerstört und zum Scheiterhaufen verurteilt. Ich werde niemals ihren Blick vergessen, als sie fortgetragen wurden.

Drei Jahre habe ich gebraucht, um Albert zu konstruieren. Sechstausend Muskelfasern werden über Mikroschaltungen gesteuert. Er läuft, rennt, schwimmt, schmeichelt, tanzt. Den Tee verschüttet er immer noch, wie Sie sehen, aber er läßt sich verbessern. Doch nach all der Arbeit und den Tests teilten sie mir plötzlich mit, daß man ihn nicht mehr bräuchte.

Die Wissenschaftler des staatlichen Managements hatten festgestellt:

a) daß die Marsmenschen nur auf Platz achtzehn in der Umfrage der Kollektivängste standen, weit hinter

Studenten, Süchtigen, Kommunisten, Afrikanern, Spinnen und Verkehrspolizisten;

b) wie fürchterlich Albert auch aussehen mochte, es standen doch schon Dutzende von Firmen bereit, ihn als aufblasbare Gummipuppe auf den Markt zu bringen, und schon zwölf Stunden nach seinem Erscheinen auf der Erde wäre Albert zu einem Kultobjekt geworden;

c) deshalb zogen sie vor, daß die Erdbewohner weiterhin andere Erdbewohner haßten, mit den ganzen Vorteilen dieser Sache, nicht zuletzt der Gegenseitigkeit.

So haben sie mich, Albert und alle meine Kreaturen hier unten eingeschlossen, damit niemand etwas von dem Projekt erfahre. Sie sagten uns, daß wir Wache halten sollen, doch hier kommt niemand hin, der nicht vom Regime autorisiert ist. In zehn Jahren ist der Alarm zweimal losgegangen. Das erste Mal wegen einer Maus und heute Ihretwegen. Ich sitze hier in meinem Laboratorium, und mein Leben verfließt monoton und unnütz. Ich werde hier niemals mehr rauskommen. Ist das nicht monströs?«

Balser fing maßlos an zu weinen. Albert imitierte ihn, indem er aus zahlreichen Öffnungen spritzte.

Plötzlich raffte sich das Männchen auf und sagte: »Aber Sie sind doch nicht etwa von den Rebellen?«

Meine Baolintuition ließ mich antworten: »Um die Wahrheit zu sagen, ja.«

»Also sind Sie hier unten, um irgendeine böse und schändliche Tat gegen das Regime durchzuführen, und danach werden Sie fliehen?«

»Wenn wir es schaffen, ja.«

»Und wenn Sie es schaffen, nehmen Sie mich dann mit?«

»Versprochen.«

»Und was wollen Sie machen?«

»Wir wollen ins Archiv Zero eindringen.«

Balser zuckte zusammen. Albert floh und winselte wie ein Zwergpudel.

23.

Atharva hatte keine Eile. Er wartete. Die gigantischen Regale der Archive ragten wie steile Wände drohend über ihm auf. In diesen Regalen befanden sich Tausende von Filmen, Tausende von Tonbändern und Geheimnissen. Alle Karteikarten der Männer vom Regime und ihren Feinden. Dort befand sich die Welt. Abgesehen von einem Teil. Den unzugänglichen Geheimnissen. Das, was auf keinen Fall rekomponiert, mutiert werden durfte, das, worüber nicht gelogen werden durfte. Das war das Archiv Zero.

Wahrscheinlich mußte er noch lange warten. Ruhig wendete er sich am Bibliovideo der Liste der Shamafilme zu. Wie er es vorausgesehen hatte, war der 6157 eine normale Studentenerschießung. Das, was er suchte, war woanders, nämlich im Numerationssystem des Zero. Aus Neugierde ließ er die Liste der Biographien durchlaufen. Und da erschien sofort das A, die Versuchung war groß. Auf dem Bildschirm leuchtete sein Name:

ATHARVA *Nathaniel Martino;* geboren im Jahr des ersten Fisches. Vater und Mutter sterben bei einem Flugzeugunglück. Er wird dem Institut der telematischen Brüder anvertraut, entpuppt sich als ein Ausnahmeschüler und schließt das Mathematik- und Physikstudium mit Bestnote ab. Er arbeitet für die national größte Kompiuterfirma mit der Aufgabe, Sicherheitssysteme und Impfstoffe gegen arglistige Einschleusungen zu studieren. Er erfindet zwei Sprachen: das Dobermann und das Alamo. Er heiratet eine Kollegin, Robinia Robi. Es ist eine glückliche Ehe. Aber drei Jahre später, bei einem Rebellenattentat auf die staatlichen Kompiuter, stirbt seine Frau, und er überlebt verletzt und entstellt. Er beschließt, den Geheimdiensten beizutreten. Als Aufwiegler-Agent schleust er sich in den Baoltempel der Rana ein und erlernt die Baoltechniken der Beeinflussung, Hypnose und Verwandlung. Dank seiner Kompiuterfähigkeiten und der Baolkräfte wird er einer der besten Realitätskomponisten.

BEURTEILUNG – wertvolles und brauchbares Element, jedoch unter Überwachung zu halten, insofern nicht ausgeschlossen ist, daß seine Baolvergangenheit ihn zu sehr individualisiert hat.

CHARAKTERISTISCHE MERKMALE – sein Körper verbrannte vollständig bei der Explosion des Attentats, und er verdeckt ihn mit schweren Kleidungsstücken. Äußerst geringe Körperpflege. Er lebt bei sechs Grad unter null. Gierig nach Milch. Hört zuviel Beatles. Onanist.

IMAGE – verläßt das Gebäude nie. Bei den Kollegen sehr gefürchtet. Die Tatsache, daß er ein Baol war, läßt stark an dem Ruf der Unbestechlichkeit der Baol zweifeln. Keine Möglichkeit für eine politische oder telemanische Beschäftigung aufgrund des kläglichen Aussehens. Eine Perücke lehnt er ab.

VORGESEHENES ENDE DER BENUTZUNG: 1998

Beachte: Für Biographie 1 siehe Archiv Zero.

Atharva lächelte. Er hatte noch acht Jahre vor sich. Welche Großzügigkeit seitens der Jungs vom Regime. Beh, in den Daten stand nichts, wovon er nicht wußte, daß die anderen es wußten.

Einziger Zweifel: Was bedeutete die letzte Anmerkung?

24.

Ein Baol spürt die Gefahr.

Wenn auf einem überfüllten Bahnhof vor dem Fahrkartenschalter zwei lange Reihen stehen, befindet sich garantiert in einer ein Herr, der fünfundzwanzig Minuten mit dem Fahrkartenverkäufer streiten wird und alles blockiert.

Ein Baol wird die andere Reihe wählen.

Gibt es in einem schmierigen Selfservice zwei freie Plätze, ist der eine sicherlich neben einem Herrn, der vor kurzem am Dickdarm operiert wurde und nur so brennt vor Verlangen, Ihnen während des Essens alle Einzelheiten zu erzählen.

Ein Baol wird den anderen Platz wählen.

Gibt es in einem Kino zwei freie Plätze, ist einer sicherlich hinter einem Pärchen, von dem einer den Film nicht versteht und der andere ihn ihm erklären will, jedoch noch weniger als der erste davon versteht.

Ein Baol wird den anderen Platz wählen.

Gibt es in einem Zug zwei freie Plätze, ist einer sicherlich neben einem Herrn, der Zeuge der kosmischen Wahrheit ist und gerade zum Jahrestreffen fährt, jedoch seit zwei Monaten kein einziges Mitglied mehr geworben hat.

Ein Baol wird den anderen Platz wählen.

Ein Baol weissagt den tiefgefrorenen Fisch, die verirrte Kugel, den ärgersuchenden Arsch, die Erdbeben, die Überschwemmungen, die Stadtmarathone, die Autobahnstaus, das Näherkommen der Kometen, das Kotzen der Diatomee.

Doch man kann nicht nur in Angst leben.

Deshalb tritt ein Baol unbeschwert der Gefahr entgegen. Denn er weiß, daß es neben den bösen Überraschungen auch schöne Überraschungen gibt, und es kommt vor, daß das, was zunächst unheilvoll erschien, zur Gunst des Schicksals wird.

Dies steht im siebten Buch des Baolian, dem der Lügen.

Deshalb wagten wir uns zwischen die Wände des Archivmassivs, das sich von der Höhe aus auf dem transparenten Boden niederschlug wie Klingen im Wasser. Meine Augen suchten jene (wundervollen) von Alice, um ihr genau in diesem Augenblick meine ganze Liebe zu gestehen, meine wiedergefundene Liebe, meine restaurierte Liebe, um ihr zu verstehen zu geben, daß, wie immer es auch enden möge, selbst wenn das Schicksal uns auf die furchtbarste Weise trennen würde, ich ihr trotzdem danke sagen würde, dafür, daß sie meinem Leben ein so essentielles und notwendiges Gefühl für den richtigen Stoffwechsel des Überlebens wiedergegeben hatte, nämlich genau das der Liebe, und um ihr zu erklären, wie sehr ich begehrte (auch in dieser perikulösen und unbequemen Situation), sie in den Armen zu halten, ihr leidenschaftlich den Mund zu küssen, ihr die Brüste zu streicheln, ihr die Schenkel zu glätten, ihr den Rücken zu massieren, ihr die Ohren auszubohren, ihr den Hals abzufressen, ihr in den Hintern zu beißen ...

»Hör auf damit«, sagte sie verwirrt.

Wenn ein Baol sexuell sehr erregt ist, denkt er laut.

Hinter uns erklärte Professor Balser René der Kuh väterlich: »In diesen Archiven, vom zehnten bis zum ersten, werden Realitätsstücke aufbewahrt, über die die Experten ein definitives Urteil fällen müssen: Sind sie in neue Realität, dem Zeitgeist der Tempel konform, transformierbar oder enthalten sie Charakteristiken unlöschbarer und gefährlicher Wahrheit, die zumindest äußerst schlecht zu manipulieren ist.

Hier haben wir viele der politischen und sozialen Ereignisse der letzten Jahre: Staatsstreiche, Attentate, Machenschaften, Versandungen und eine grenzenlose Anzahl übereinanderlagernder Theorien und Debatten. Wir haben geheimnisvolle Blutbäder und geheimnisvolle Delikte, über die der Vorhang einer heiteren Gleichgültigkeit fällt. Wir haben Biographien von ehrlichen Personen, die man in der grenzenlosen Bürokratie des Zynismus zu verstreuen sucht, und Leben der abscheulichsten Persönlichkeiten, die man wieder ins Rampenlicht der Ehre des Landes zu bringen hofft. Aber vor dem Archiv Zero, dem zynischsten der Zynischen, bleibt das erschrocken zurück. Die Hölle des Schmerzes, des Leids, das stille Magma, das sich im Zentrum der Geschichte der Welt befindet, der ungehörte Schrei, der nicht wiedererkennbare Kadaver, der unnütze Tod, die demütigende Erinnerung. Aus dem Archiv Zero darf nichts ans Licht kommen.«

Diese Worte hallten in dem riesigen unterirdischen Gewölbe, dessen Himmel wir nicht sehen konnten. Und nach einem Augenblick erschien vor uns das Zero, ein immenser Metallzylinder, der am Rande geschwärzt und verbrannt wirkte, so, als ob ihn eine ungeheure innere Wärme verzehrte: An einigen Stellen schien das Metall sogar flüssig zu sein, und von der Spitze flossen unregelmäßig Tropfen wie das Wachs von vielen Kerzen. Das Brummen hatte aufgehört. Die Stille war perfekt und erschreckend. Alice ging mit dem Mikrokompiuter die glatte Wand auf der Suche nach einer Öffnung ab. Sie fand sie praktisch sofort. Der Geheimcode bestand aus zwei Wörtern:

Verzichte, Verzichte

Ein Abschnitt des Zylinders öffnete sich, und wir traten in einen Schein warmen und rötlichen Lichts. Unsere Schatten gingen uns voraus, und für einen Augenblick hatte ich den Eindruck, daß einer zweigeteilt war, so daß es also fünf Schatten waren. Aber als ich mich umdrehte, sah ich nur bekannte Gesichter: Alice, René, Balser und natürlich meines (ein Baoltrick). Wir gingen vorsichtig bis zu einer Wand, die noch höher war als alle anderen. Millionen von Kassetten mit Filmaufnahmen, etikettierten Bändern und alten Filmrollen machten daraus einen dichtgedrängten Bienenstock. Keine Spur von einer Treppe oder einer Vorrichtung, um die einzelnen Komponenten zu bewegen oder zu entnehmen. Es schien so, als ob alles zusammenzementiert wäre und unmöglich, auch nur ein kleines Teilchen davon zu lösen.

»Und was werden wir jetzt machen?« sagte ich.

Alice hob ihre Arme gegen die Wand.

»Das Archiv Zero«, stieß sie entzückt aus, »die Wahrheit! Das Ende der Unterdrückung! Das wunderbare Licht, das unser Leben erfüllen und unsere Zukunft erleuchten wird; wie die Sonne, die hinter einem drekkigen Fenster erscheint, verwandelt es die Werkzeuge des Schmiedes in Schätze des Königs, so daß die Wahrheit . . .«

»Hör auf damit«, sagte ich.

Wenn ein Rebell politisch sehr erregt ist, denkt er laut.

Alice gewann ihre gewöhnliche Kaltblütigkeit zurück und konsultierte die Daten.

»Es gibt keinen vollständigen Plan der primären Realität«, sagte sie, »da das Vermischen der Daten die Nicht-Dechiffrierbarkeit und die Geheimhaltung verstärkt. Aber aus Geständnissen alter Archivangestellter und Putzfrauen sowie nicht zuletzt durch die mutigen Nachforschungen gefallener Rebellen vor uns wissen wir, wie die Sektoren aufgeteilt sind. Dort zum Beispiel, im Nordosten, befindet sich die Mauer der Gefolterten, in der Filme von über siebzigtausend unter der Folter Gestorbenen aufgehoben werden, gedreht, um dann zu verschwinden. In der Südwand unten befindet sich die Wahrheit über die Blutbäder von Ulpian, Medeoro, des Zugs von Arzak, des Flugzeugs von Baal, Namen, die auf traurige Weise bekannt sind, und darüber hinaus die Berichte über hundertsechzehn nukleare Zwischenfälle. Weiter oben werden alle geheimen Treffen der Mafia aufgehoben, vom Zirkel der Fünf Großväter bis hin zur Verstaatlichung. Und zwanzigtausend Morde an Farbigen.«

»Und Grapatax?«

»Die Zone der verbotenen Werke liegt etwa in sechzehn Meter Höhe in der Nordwestwand und ist mit dunkelfarbenen Kassetten gekennzeichnet... dort befindet sich der Film, der Grapatax und den Großen Parteibonzen betrifft.«

»Und wie werden wir daran kommen?«

»Es kommt äußerst selten vor, daß Kassetten der Realität Zero entnommen werden. Höchstens, um jemanden zu erpressen oder aus Propagandagründen, wie in Grapatax' Fall. Dreißig Sekunden nach der Entnahme kontrolliert der Zentralkompiuter, ob die Aktion autorisiert ist. Deshalb werden wir dreißig Sekunden Zeit haben, bevor sie merken, daß die Entnahme ungesetzlich ist. In dieser halben Minute werden wir drei beliebige Kassetten nehmen, und du wirst die von Grapatax finden.«

»Ich wiederhole: Wie?«

»Mit deinen Kräften: Du läßt die richtige Kassette vom Regal herunter fallen. Und Achtung. Jeder kann nur eine Kassette nehmen, da zwei Kassetten nebeneinander sich selbst zerstören. Um zu fliehen, rennen wir diese gelbe Leiter hoch, klar?«

Ich schaute hoch. Von Millionen Kassetten war nur eine die richtige. Würde ich es schaffen? Meister, rief ich, hilf mir!

Eine Stimme sagte zu mir: »Du wirst es schaffen, Baol!«

Aber es war nicht die Stimme des Meisters. Es war ein Mann in Pelzmantel und Sturmmütze, der an der Wand klammerte wie eine Fledermaus. Er hatte Magnetschuhe an und richtete eine große ulanische Pistole auf uns.

»Atharva!« schrie Alice.

»Ja, meine reizende Rebellin«, sagte Atharva, »ich bespitzel dich schon seit einiger Zeit auf meinen Monitoren. Oft habe ich deine Lingerie und deine Versuche, die Codes herauszubekommen, bewundert. Aber hab keine Angst, ich habe niemanden benachrichtigt. Auch ich besitze die Eintrittscodes, jedoch nicht die beiden letzten. Ihr habt sie; deshalb habe ich mir erlaubt, mit euch einzutreten. Nun habt ihr auch den Entnahme-Code. Helfen wir uns wie gute Feinde...«

»Was willst du von uns?« sagte ich.

»Ich will die Kassette 6157. Also läßt du, Baol, jetzt nicht nur das Kassettchen deines alten Komikers fallen, sondern auch diese Kassette, die sehr wichtig für mich ist. Ich werde sie nehmen, und wir werden zusammen verschwinden. Denn die Professorin Auck weiß doch sicherlich, wie man hier wieder herauskommt.«

»Professorin Auck?« schrie ich.

»Erklärungen später«, sagte Alice, »o.k., Atharva, jeder bekommt seine Kassette, aber was passiert dann?«

»Dann werde ich, wie es meiner Baolnatur entspricht, Bedrosian herausfordern. Denn so sagt das Baolian: Wenn zwei Baol Feinde sind, müssen sie so lange kämpfen, bis einer übrigbleibt. Oder?«

»Aber das passiert einmal in hundert Jahren. Du bist kein Baol!«

Atharva zeigte die Schneeflocke auf seiner Hand und lächelte finster: »Ich bin der erste Baol, der die Baol verraten hat. Ich werde sehr viel bedeutender in der Baolgeschichte sein als du!«

»Und warum findest du die Kassette dann nicht selbst?«

»Weil ich sie fürchte und keine Macht über sie habe. Kein Baol kann etwas gegen sein Geheimnis machen, das weißt du genau!«

»So ist das nicht, Atharva«, sagte Alice, »du hast überhaupt keine Macht, und du kannst diese Kassette nicht finden, denn diese Kassette befindet sich nicht hier drinnen. Wir Rebellen haben sie gemacht.«

»Lügnerin«, sagte Atharva und kam mit einem Sprung herunter, »du meinst, du könntest mich reinlegen?«

»Wir haben sie gefilmt. Und wir haben sie mit einer

falschen Nummer in das Kompositionssystem geschleust, um euch durcheinanderzubringen. Vor dir haben wir Baldini mit Stücken primärer Realität sabotiert, echter Shamakrieg. Die Überdosis an Realität hat ihn erledigt.«

»Ich kann fast genausoviel Realitätsmenge vertragen wie ein normaler Mensch«, schrie Atharva.

»Aber nicht diese Kassette. *Denn du bist komponiert,* Atharva.«

»Das ist nicht wahr!«

»Es ist so. Hier im Archiv Zero befindet sich dein wahres Leben. Das ist die Bedeutung der letzten Notiz in deiner Biographie. Du wurdest mit zwölf Jahren von den Firmen der Staatskompiuter entführt, weil du ein reizendes Wunderkind warst. Deine Eltern wurden getötet. Deine Verletzungen gehen auf damals zurück, als du lieber das Haus angezündet hast als in die Hände des Regimes zu fallen.«

»Das ist nicht wahr. Das ist ein schlechtes Drehbuch«, sagte Atharva, nahm die Brille ab und zeigte endlich sogar seine blaugrünen hohlen Augen.

»So ist es, Atharva. Seitdem hast du immer für sie gearbeitet, und deine Vergangenheit wurde neu komponiert, Stück für Stück. Du hattest nie eine Frau. Es hat nie ein Rebellenattentat stattgefunden. Dein Haß gegen die Baol ist komponiert. Du dienst dem Regime, um die Baol zu diskreditieren. Du hast das ganze Leben lang in diesem stinkigen unterirdischen Büro gelebt, ein elendes Leben. Alle zehn Jahre bekommst du eine Injektion mit Erinnerungen. Und weißt du, warum du jetzt hier bist, gegen alle Vorschriften? Weißt du, warum dich diese Kassette so beunruhigt, Atharva? *Weil sie dein Tod ist.* Und wir haben ihn schon gefilmt, mit Schauspielern. Denn wenn deine Vergangenheit komponiert ist, hast du Angst vor deiner komponierten Zukunft, deiner einzigen Zukunft. Der Mann, der auf dem Video brennend stirbt, *bist du,* Atharva, und in der Tiefe deines Herzens hast du es gewußt.«

Atharva schwieg einen Augenblick. Dann sprach er mit ruhiger Stimme. »Herrliche Idee. Wäre ich nicht Komponist und könnte ich nicht die wahren von den falschen Geschichten unterscheiden, würde ich auch darauf hereinfallen. Aber wir haben jetzt keine Zeit zu diskutieren.«

»Richtig«, sagte ich, »wir werden später sehen, wer du bist. Machen wir das, wofür wir hergekommen sind.«

»Auf los«, sagte Alice, »sammelt ihr die Kassetten auf, und dann rennen alle auf die gelbe Treppe.«

Sie bediente den Mikrokompiuter. Die Mauer der Wahrheit erstrahlte in Blau. Schreiend deutete ich mit einem Zeichen auf zwei Kassetten, und diese fielen herunter. Eine davon nahm ich. Sie war schwer wie ein Fels. Atharva nahm die andere. Meine Freunde befanden sich schon auf den Stufen der gelben Treppe, jeder mit einer Kassette.

»Noch fünf Sekunden«, sagte Alice, »beeilt euch.«

Die gelbe Treppe war teleskopisch, sie begann sich zu erheben und wurde immer länger, als sie Richtung Gewölbedecke des Archives schwankte. Wir hatten Schwierigkeiten, uns im Gleichgewicht zu halten, festgeklammert auf den Stufen, während uns ein eisiger

Wind entgegenblies, der Richtung Dunkelheit stärker wurde. Dann öffnete sich das Gewölbe für einen Augenblick, und ein letzter Peitschenhieb schleuderte uns ins Freie auf einen Erdwall, den wir hinunterrollten. Ein unbeschreibliches Getöse ließ uns schier taub werden. Wir öffneten die Augen und sahen... die Autobahn, die in die Stadt führte: mit einem riesigen nächtlichen Stau Tausender von Autos. Das Archiv Zero lag also genau unter einem der neuralgischen Knotenpunkte der Stadt.

»Frei!« schrie Atharva, »und jetzt zu uns, Baol!«

Er sprang auf das Dach eines Autos. Ich sprang auf das Dach eines anderen. Es waren schon einige Duelle mit Schraubenziehern und Feuergefechte zwischen Autos im Gange, so daß uns niemand bemerkte.

»Was bevorzugst du? Aorta-Ausreißen? Gefecht mit Gewissensbissen? Kampf um das Luftanhalten? Verwandlung in Drachen? Duell der tiefen Temperaturen? Shao lin c'han ssan lu? Herausforderung mit dem Skorpion im Hals? Schach mit Zähnen?«

»Hör zu Atharva, ich muß dir etwas sagen...«

»Wenn es das Geheimnis ist, interessiert es mich nicht...«

»Steigen Sie da runter«, schrie der Besitzer des Autos, auf das Atharva gesprungen war, wütend.

Aber Atharva beachtete ihn nicht. Er stieß einen Kampfschrei aus und nahm die Baolangriffsstellung ein, die des unsichtbaren Bogens.

Aus dem Wagen stiegen der Besitzer mit einem Wagenheber in der Hand, seine Frau mit Schneeketten bewaffnet, ein Riesenopa mit Schaufel sowie drei Kinder mit Schraubbolzenschleudern.

Vergebens bemühte sich Atharva, ihren Attacken zu entkommen. Aus den anderen Autos schrien sie erregt und drückten die Hupen. Atharva suchte eine Möglichkeit, sich vor ihren Schlägen zu schützen, verwickelte sich jedoch in der Stoßstange und riß sich den Pelzmantel vom Leib. Es erschien ein von Wunden zerfressener, verbrannter Körper.

»Ein Infizierter!« schrie der Autobesitzer. Mit einer schnellen Bewegung riß er ihm die Sturmmütze vom Gesicht. Es erschien ein fast normales Gesicht mit einer breiten Narbe auf der Backe. Das Gesicht eines alten Kranken.

Alles ging ganz schnell. Während ich vergebens versuchte, mir Platz zu verschaffen, warfen Dutzende von Personen Atharva zu Boden, überschütteten ihn mit Benzin und zündeten ihn an, um eine Ansteckung zu vermeiden.

Wie auf der Kassette machte Atharva noch einige Schritte, umhüllt von Flammen, und fiel mir dann vor die Füße. Die Kassette 6157 rutschte in meine Nähe. Ich hob sie auf. Atharva schaffte es noch einmal, den Kopf zu heben, so als wollte er mir etwas sagen, doch dann erfaßte ihn das Feuer, und die Funken der Mantelhaare flogen in die Luft.

Der Stau hielt die ganze Nacht an. Viele kamen dabei ums Leben. Polizeihubschrauber überflogen die kilometerlangen Autoschlangen. Vielleicht suchten sie nach uns. Wir kehrten zu Fuß in die Stadt zurück, unter einem feinen Regen. Wir hatten es geschafft.

25.

»Meine Damen und Herren, heute abend ist der Mann bei uns, der Sie töten kann vor Lachen! Hier für Sie: Saverio Grapatax!« (Applaus, die Kamera schwenkt auf das Publikum.)

»Danke, Danke.« (Grapatax verbeugt sich. Er redet mit gefalteten Händen und beseelter Miene.)

»Jeder Abend in unserem wunderbaren Land ist ein glücklicher und besonderer Abend.

Aber dieser Abend heute ist in besonderer Weise glücklich und besonders.

In der Tat haben wir heute den Abgeordneten Enoch bei uns.

O Widerspruch, Muse des Komischen, o Göttin der Ironie, o eleganter Mantel des Humors und Schwert der Satire und Klinge des Witzes und Blecheimer der Posse und ihr Wortspiele und Wolken im Nonsens und du Freund der Komiker, einzig wahrer Inspirator, strenger Blick, Spleen, Tragödie, Heiterkeit, du, o Tod, hilf mir, den Lobgesang für einen Mann zu singen, dessen erbarmungslose Fußspuren der Geschichte haften bleiben werden, ein Mann großen Geistes und weisen Könnens.

Vermag ich die geeigneten Worte zu finden? Ich hoffe sehr. Um zu beginnen: Der Parteibonze Enoch ist ein Dieb. O flüstern Sie nicht, seien Sie nicht bestürzt. Dieses Wort hat in meinem Munde die Zartheit eines Satzes der Liebe.

Er ist natürlich ein Dieb, denn in einer Welt der Diebe sucht er Harmonie und Zusammenhalt.

Er begann seine Karriere mit Grundstücksspekulationen. Auf den Grundstücken baute er Häuser, die zusammenfielen. Er gewann die Ausschreibungen für die Wiederaufbauarbeiten. Er baute Häuser, die erneut zusammenfielen. Jetzt lebt er in einem Wolkenkratzer, aber er hat die Zeiten nicht vergessen, in denen er üble Häuser baute, die zusammenfielen. Er hat seine bescheidene Herkunft nicht vergessen. Auch seine Wolkenkratzer fallen zusammen. Das ist ihm hoch anzurechnen.

Sie sagen, der Parteibonze Enoch sei ein Mafioso. Er streitet das ab. Wenn ihr mich in Restaurants seht, die von Mafiosi besucht werden, sagt er, bin ich deswegen doch noch lange kein Mafioso. Oder wird etwa einer, der ein chinesisches Restaurant besucht, beschuldigt, ein Chinese zu sein?

Er hat recht.

Sie sagen, Enoch gehöre einer Geheimloge von Kapuzenmännern an, die Gefälligkeiten austauschen und Intrigen schmieden und sich Banken schenken. Aber ist das nicht eine ganz normale menschliche Geselligkeit? Ist denn nicht jede Familie, jeder Verein, jede Fußballmannschaft, jeder Haufen Lynchender in irgendeinem Sinne ein Geheimbund?

Lieben wir etwa den einsamen und zynischen Moralisten, den sterilen Einsiedler, den verächtlichen Eremiten mehr als die Gesellschaft der liebsten Freunde?

Man sagt, Enoch ließe seine Feinde mit einem Zementblock an den Füßen ins Meer werfen.

Ist diese Tat etwa nicht bewunderswert?

Sicherlich hat jeder von Ihnen schon einmal versucht, sich zu ertränken, und kennt das furchtbare Gefühl des eigenen, oben schwimmenden Körpers, der sich unserer Absicht widersetzt, und er kennt die enorme Anstrengung, die das Untergehen verlangt, die ungeschickten Versuche, die mit Verdauungsstörungen aufgrund des Salzwassers enden und mit der demütigenden Rettung durch einen plumpen Bademeister.

Ein Zementblock geleitet Sie sanft auf den blauen Grund, ohne jegliche Anstrengung. Darüber hinaus, wenn Sie auf dem Grund sind und auf Ihrem Sockel stehen, Zinnsoldaten des Meeres, wieviel Wonne und Freude haben die Fische dann an Ihnen, die ihre Landschaft um eine solch graziöse Statue bereichert sehen?

Man sagt, Enoch ließe Richter umbringen, die ihn verurteilen wollen.

Aber garantiert denn unsere Verfassung nicht jedem Angeklagten das Recht auf Verteidigung?

Enoch, sagen sie, besteche die Leute.

Aber er ist ein ehrlicher Bestecher. In zwanzig Jahren der Bestechung hat nie jemand weniger als das Vereinbarte bekommen. Manchmal erhöht er sogar aus eigener Initiative das Schutzgeld, das Schmiergeld. Wie soll man die Freude des Bestochenen beschreiben, der sich über seine eigenen Verdienste hinaus bestochen sieht? Da gibt es doch Funktionäre, die müssen Monate auf die Bezahlung der Bestechungsgelder warten, und dann bekommen sie oft auch noch ungedeckte Wechsel oder Schecks. Ist das etwa nicht unredlich? Da ist Enoch doch aus ganz anderem Holz geschnitzt.

Enoch, sagt man, verkaufe Waffen.

Natürlich ist das so. Aber eine Waffe ist doch ein Gegenstand wie jeder andere auch. Von alleine schießt sie nicht. Man stirbt nicht, nur weil man eine Waffe in der Hand hält. Verurteilen wir etwa einen Wursthändler, weil er Schinken verkauft? Und doch kann ein Schinken zu einer sehr gefährlichen Waffe werden.

Als Keule verwendet, kann er einen Schädel zertrümmern.

In übertriebenem Maße gegessen, kann er zu Verdauungsstörungen, erhöhtem Cholesterin, Lebensmittelvergiftung und Erstickung führen. Und fällt er von der Kellerdecke, kann er mehr als ein Leben vernichten. Darüber hinaus entspringt der Schinken einem Verbrechen. Für eine Pistole darf man kein Schwein abstechen. Aber für einen Schinken.

Also, ich wiederhole: Ist Enoch vielleicht schlechter als ein Wursthändler?

Enoch, sagen sie, habe Geheimnisse.

Auch ich habe welche.

Enoch lügt.

Auch ich lüge.

Enoch hat seinen besten Freund in die Hände von Terroristen fallen lassen und hat zugesehen, wie er umgebracht wurde, ohne einen Finger zu krümmen.

Denn über den Freund hat er den Staat gestellt.

Enoch hat auch einen Staatsstreich versucht.

Denn über den Staat hat er die Idee vom Staate gestellt.

Enoch habe sich stark bereichert, erzählen die Legenden.

Er besitzt ein fünfzig Meter langes Segelboot mit Kaschmirsegeln und drei Swimmingpools, von denen einer für die Hummer ist.

Er besitzt eine Villa voller Kunstwerke: hundertsechzig Meter Impressionisten, zwölf Meter Caravaggio, dreihundert Kilo Picasso, einen riesigen Stapel Klee und ebensoviel Chagall.

Er hat zwölf gepanzerte Autos, eine überdachte Vespa und ein beißendes Fahrrad.

Aber was stellen diese Reichtümer im Vergleich zu dem Lächeln eines Kindes dar?

Enoch unterhält hundertzwölf Geliebte, und einer jeden hat er einen Diamantring, ein Auto mit Chauffeur, eine Wohnung, einen Fernsehsender und einen Quarzwecker geschenkt.

Er hat Grundstücke, Villen, Blumenbeete, Dickwurzfelder, Garagen, Inseln, Weinberge.

Na und?

Ist es vielleicht ein Verbrechen, ein Dach über dem Kopf zu haben, die Kunst zu lieben und den Lieben Geschenke zu machen?

Enoch, sagen sie, besitze neunzig Prozent der Zeitungen und strebe das totale Informationsmonopol an.

Lügen. Ich weiß nicht, wo Sie das gelesen haben, aber warten Sie noch weitere zehn Prozent ab, und Sie werden es nicht mehr lesen.

Enoch, sagt man, stelle eine Gefahr für unsere Demokratie dar.

Ich kann diese Gefahr nicht sehen. Um ehrlich zu sein: Ich kann auch die Demokratie nicht sehen.

In ein paar Jahren wird Enoch vielleicht Erster Parteibonze sein. Denn er ist ein absolut mittelmäßiger Mann.

Eines Tages wird uns Enoch vielleicht umbringen.

Das alles ist doch wunderbar.

Glauben Sie nicht, daß ich schon fertig bin: Ich verstehe mein Geschäft.

Sehen Sie sich Enochs Frau an seinem Tisch an: Sie trägt wirklich ein wunderschönes Kleid, das sich schön der runden Figur anpaßt, ganz aus porzellanweißem Atlas. Jetzt wird mir auch klar, warum man sagt ›die Damen erschienen in exquisiter Toilette‹.

Meine Dame, würde ich an Ihrem gigantischen Ohrring ziehen, ich glaube, die Wasserspülung ginge los, oder? Ja, es stimmt. Ich bin vulgär. Wir Komiker sind vulgär. Die Küchenschaben in meinem Zimmerchen haben sich schon eine Putzfrau genommen, weil es so dreckig ist. Und nun verlasse ich Sie. Sie sind phantastisch. Danke, danke. Sie sind ein wunderbares Publikum.« (Applaus.)

(Grapatax verbeugt sich. Er geht an den Tisch des Parteibonzen Enoch. Der Parteibonze ist sehr gekränkt. Dann lacht er über einen Witz. Grapatax setzt sich. Sie lachen immer noch. Enoch legt eine Hand auf Grapatax' Schulter und tadelt ihn mit dem Fingerchen. Sie stoßen an. Überblendung.)

Der Film war zu Ende. In Grapatax' Wohnung brach ein tosender Applaus los, begleitet von den Schreien der Zwerge.

»Du warst phantastisch«, weinte Bobo.

»Du bist immer noch der Beste von allen«, weinte Raul.

»Denen werden wir es zeigen!« weinte Nick.

Grapatax erhob sich aus seinem Sessel, umarmte die Freunde und bewegte sich mit überraschender Lebenskraft durch den Raum. Er hatte seinen alten Bühnensmoking an, in dem er mit Würde versank. Unter denen, die ihm gratulierten, erkannte ich große Komiker der Vergangenheit wie Poldo Pelo, Bodocinsky und Lara Belara. Der alte Dachboden, mit Pflanzen und Blumen geschmückt und voll von Leuten, die zum Feiern gekommen waren, hatte sein Aussehen geändert. Es lag etwas Mondänes in der Luft.

»Nicht schlecht, diese Loftparty, nicht wahr?« sagte Amadeus Polytropus, als er mit zwei Wodkaflaschen an mir vorbeiging. Alice war so schön wie nie zuvor. Sie hatte ein schwarzes Samtkleid an und verteilte Lächeln und Kaviarhäppchen. René die Kuh, der seinem Topits-Anzug eine kathodisch-fluoreszierende Schleife beigefügt hatte, erzählte einigen Bewunderinnen unser Abenteuer mit Vorwort und Fußnoten. Die Zwerge machten fast mortale Salti; Mara May tanzte mit Balser. Und ich? Ich war nicht so glücklich, wie man hätte denken können. Ich wartete auf etwas und wußte nicht auf was. Bescheiden hielt ich mich zurück: zehn Fernet mit einem Schuß Ginseng. Auf einmal saß Alice neben mir und küßte mich. Der Plattenspieler schenkte uns einen karibischen Tanz. Ich ließ mich gehen wie ein Kind auf einem Schlitten.

»Ich wünschte, dieser Augenblick verginge nie«, sagte ich.

Alice löste sich mit Unbehagen von mir. Sie zündete eine Zigarette an.

»Also, was hältst du von Grapatax' Video?«

»Unterhaltsam, wie immer. Aber das Regime hätte sich nicht zu beunruhigen brauchen, was sieht man denn schon groß? Am Ende wird wieder gemeinsam gelacht. Wie beim Abspann der Fernsehdebatten. Vor was sollte man da Angst haben?«

»Du weißt, wie dumm sie sind. Egal, jetzt werden wir den Film allen über die geheimen Kanäle zeigen. So wird man wissen, daß Grapatax einer von uns ist.«

»Werdet ihr auch den letzten Teil zeigen?«

»Nein, den schneiden wir raus.«

»Mir ist immer noch nicht ganz klar, wen der Film wirklich geärgert hat«, sagte ich.

»Du warst schon immer ein langweiliger Moralist, Baol«, sagte Alice und schleuderte mir ihre Haare ins Gesicht. »Grapatax wurde damals klar, daß er hart zugeschlagen hatte. Einen Moment lang hatte er Angst. Was ist schon ein Moment der Schwäche im Leben eines Menschen? Glaubst du nicht auch, daß er sich danach wieder vollständig rehabilitiert hat?«

»Natürlich«, sagte ich, »aber das ist doch nicht der Punkt. Der Punkt ist, daß auch wir... komponieren. Oder irre ich mich?«

»Das erfordert die Sache«, sagte Alice.

Ich antwortete nicht. Die Zwerge gingen als akrobatische Pyramide vorbei und zwinkerten. Die Leute waren besoffen und schmetterten Lieder und Gläser.

Grapatax imitierte einen Verrückten Pfaffen. Ich schien nicht gerade blendend auszusehen, denn Alice nahm mich bei der Hand und führte mich raus auf das Dach des Loft, an die frische Luft. Es war eine seltsam klare Nacht. Der Mond sah sehr ernst aus. Unter uns vereinten sich die Lichter der Stadt mit denen der Autobahn und des Meeres (ja, selbst das Meer war zu sehen).

»Wir müssen sie mit allen Mitteln bekämpfen«, sagte Alice. »Hast du gesehen, was sie mit Atharva gemacht haben? Er glaubte wirklich, ein Baol zu sein. Weißt du, was auf der Kassette war, die er genommen hat? Der Film seiner Entführung, als er zwölf Jahre alt war. Das Schicksal hat es so gewollt, daß er zumindest am Ende seine Vergangenheit wiederbekommen hat. Das werden wir allen zeigen.«

»Und auf den anderen Kassetten?«

»Auf der von Balser war die Zerstörung seiner Marsmenschen. Auf der von René der Kuh war die Ermordung von Macigno Lakritza, dem berühmten schwarzen Anti-Apartheids-Kämpfer. Man sagte, er sei beim Krafttraining auf der Body-Building-Bank unter Gewichten gestorben. Das stimmt. Aber auf den Gewichten standen zwölf Personen.«

»Scheint so, als hätten alle bekommen, was sie wollten«, sagte ich, »und was war auf deiner Kassette, Professorin Auck?«

»Auf meiner? ... die Baolgedichte von Eshi ... aber sag mal, hast du mich wirklich nicht wiedererkannt?«

»Nein. Und doch hätte ich es sofort merken müssen. Diese Angewohnheit, deinen echten Namen als Geheimnamen zu verwenden. Es reicht nicht aus, sich die Haare zu färben, Kontaktlinsen einzusetzen, zu rauchen und ... und das Muttermal?«

»Muttermale muß man entfernen lassen, das empfiehlt jeder Arzt.«

»Vielleicht hatte ich Angst, du wärst es wirklich. Ich hatte Angst, dich wiederzufinden und von diesem Augenblick an ... jetzt muß ich es dir glauben. Warum bist du verschwunden?«

»Das ist dein Geheimnis, Bedrosian. Ich weiß nicht, ob du alt genug bist, es zu erfahren.«

»Ich bin alt genug, um alle Geheimnisse aus allen Unterredungen, Vertraulichkeiten und Geständnissen von heute nacht zu erfahren und ohne mit der Wimper zu zucken zuzuhören und allen eine Hand auf die Schulter zu legen.«

»Na gut, wenn es das ist, was du willst«, sagte Alice. Sie drehte sich plötzlich um. Mir schien, als hätte sie die Augen voller Tränen.

»Als ich dich verließ, habe ich schwer gelitten. Deine Nähe, die Gespräche mit dir brachten mich zu dem Entschluß, Rebellin zu werden. Es war deine Gegenwart, die mich veranlaßte, mein Leben zu ändern. Es gibt einen Augenblick, da muß man den Träumen und Worten Taten folgen lassen. Genau das tat ich. Und somit verließ ich dich.«

»Aber warum hast du mir das nicht gesagt? Warum wolltest du mich nicht bei dir haben?«

»Weil *du nicht existierst,* Bedrosian Baol. Das ist dein Geheimnis. *Kein Baol existiert.*«

Ich sagte nichts. Ich schrie nicht, und ich sagte ihr auch nicht, daß sie verrückt sei. Irgend etwas in mir sagte mir, daß ich zuhören mußte, sonst nichts. Alice ging, fast unsichtbar vor dem Hintergrund der Nacht, auf und ab, und ihre Silhouette unterbrach ab und zu das Lichtermeer der Stadt.

»Du hast nie existiert, Baol, nur in unseren Träumen. Du warst die Phantasie, die Spiele für deine Freunde erfand. Du warst der Traum des einfachen Lebens deiner Eltern, das, was ihnen den Lebensmut gab. Als dein Freund Piotr mit dir, dem vertrauten und begeisterten Kameraden, sprach, fand er den Mut zu kämpfen. In seiner Zelle erfand dich jener Gefangene; er konnte durchhalten, weil er mit dir über seine Pläne sprach. Und so erging es auch mir in den üblen Hotels, den unmenschlichen Lokalen, da sah ich dich, sprach mit dir und verliebte mich in dich. Und fand die Kraft zur Veränderung.

Als wir mit der Operation Grapatax begannen, dachten wir: Wir bräuchten einen Baol an unserer Seite. Und sofort waren wir voller Begeisterung. Ohne dich hätten wir nie den Mut gehabt. Aber wir alle, kaum daß wir unseren Weg gefunden hatten, verließen dich. Denn du bist eine Idee, Baol. Und keine Idee kann bloß als solche bestehen. Bei den ersten Kompromissen wärst du wie eine Seifenblase zerplatzt. Und doch haben wir dich geliebt, ehrlich. Aber nicht so, daß wir dich ständig hätten bei uns haben wollen. Denn niemand kann so lieben, wie er möchte. Aber du wirst immer wieder zurückkommen. In mein Leben oder in das eines anderen.«

»Ich will nicht«, sagte ich, »ich will nicht, daß du noch einmal verschwindest. Ich ... ich werde mit dir kommen.«

»Andere Dinge als die erhofften werden geschehen ... es kommt der Tag, an dem der Schmerz der Welt so groß ist, daß wir uns für einen Augenblick abwenden müssen, um ihn nicht zu sehen ... in diesem Augenblick wirst du verschwinden, Baol ... Du kannst nicht mit uns kommen, aber wir werden dich nicht vergessen.«

»Nehmt mich mit!« schrie ich.

»Es gibt jetzt viel zu tun«, sagte Alice. Sie fuhr mir zärtlich über das Gesicht. Ihre Hand war so leicht wie die Luft. Das zweite Streicheln spürte ich kaum noch. Ich schloß die Augen. Es gab keine dritte Berührung. Als ich die Augen wieder öffnete, war der Dachboden leer, voll mit Plastikbechern, Zigarettenstummeln und zerschlagenen Flaschen. Vom Dach krächzten die Raben. Ich war abermals allein.

26.

Es ist eine ruhige Nacht ... im September (ich habe Sie reingelegt!). Ich sitze, raten Sie wo? Nein, nicht im Apocalypso, das haben sie mit einer Bombe abgerissen. Es war die Kaffeemafia: Galles benutzte anstelle des Columbian Royal den Exploduscho. In zwei Monaten wird alles wieder wie neu sein. Die Bar, meine ich. Galles hat nicht einmal einen Kratzer abbekommen, oder vielleicht sieht man es nur nicht. Ich sitze jetzt auf dem unbequemsten Stuhl am ekelhaftesten Tisch der verrufensten Bar der elendesten Straße der dreckigsten Gegend der Hauptstadt des drittreichsten Industrielandes der Welt. Der Kellner sieht aus wie Drakulas Frühstück. Überall sind Küchenschaben, selbst in den Küchenschaben. Der Fernet ist süß. Auf der Bühne steht eine Stripteasetänzerin und jedesmal, wenn sie die Kleidungsstücke abwirft, rollt etwas herab, aber man erkennt nicht was. Der Klavierspieler jedoch ist phantastisch. Wenn es eine Seele gibt, spielt er mit dieser.

Ich fragte, ob sie eine Zeitung hätten. »Warum, haben Sie sich vollgekackt?« sagte der Barmann, ein wirklich zartes Wesen. Keine Zeitung. Also suchte ich den Fernseher. Es gab einen, doch hatte sich einer davor plaziert, der wie ein Rasender zwischen sieben Fußballspielen hin- und herbeamte. Ich will die Nachrichten sehen. Die Nachrichten? sagte er. Die Nachrichten, sagte ich. Wie bitte, die Nachrichten? sagte er. Genau die Nachrichten, sagte ich und gab ihm eins auf die Batterie, so daß er samt Stuhl, der Blonden (gemeint ist das Bier) und seiner geliebten Fernbedienung umfiel. So konnte ich die Nachrichten sehen.

Der Preis der Preise wird um eine Woche verschoben. Der Parteibonze Enoch war schon seit sechzehn Stunden nicht mehr im Fernsehen erschienen. Staunachrichten: fünfzig Tote, drei weniger als im Vormonat. Die meisten aufgrund von Schlägereien und Auszehrung, eine Verbrannte. Die Leiche ist nicht identifizierbar.

Fünfzig Rauschgiftsüchtige sind aus dem staatlichen KZ »Salus« entflohen. Auf jeden, der der Polizei überführt wird, ist als Belohnung eine kleine goldene Drogenwaage ausgesetzt.

Kultur: Der Dichter Ramanza hat den Mittwochspreis für das längste Gedicht in Apnoisch gewonnen; er ist auch der Kandidat des Donnerstagspreises für die längste Telegrammübersetzung. Aber das sind nicht die Nachrichten, die ich hören will.

»Welche denn, Schüler Bed?«

Diesmal irre ich mich nicht. Es ist die Stimme des Meisters. Ein wenig verändert, seit ich ihn das letzte Mal gesehen habe. Damals trug er einen dunkelorangefarbenen Kimono. Jetzt trägt er einen Anzug im Vittadello-Gentleman-Stil und ein Oxfordhemd mit einer stroboskopischen Krawatte.

»Spielen wir eine Runde Billard, um nicht so aufzufallen.«

Er nimmt das Queue, und mit einem Stoß locht er sechzehn Kugeln ein, zwei davon auf einem anderen Tisch.

»Wir wollen ja nicht auffallen, nicht wahr?«

»Ich bin abgerutscht. Ich wollte dich darüber informieren, daß es laut inoffizieller Berichte jemandem gelungen ist, in die Geheimarchive des Regimes einzudringen, und es ist ein großes Chaos ausgebrochen. Sie schlachten sich ab. Ihr bester Komponist ist verschwunden, und man sagt, es existiere ein Film über die schmutzige Art und Weise, in der sie ihn rekrutiert haben. Man erzählt auch von einer schönen Komponistin, von Macigna Lakritza und von einem lächerlichen Marsmenschenprojekt. Aber die interessanteste Meldung ist, daß Grapatax noch lebt.«

»Wirklich ...«

»Ja ... und er wird in einer der nächsten Nächte in einem verlassenen Supermarkt eine Live-Show geben. Nicht schlecht, oder? Da muß einer, den ich kenne, die Finger im Spiel haben.«

Ich stieß, und die Kugel landete auf der Lampe.

»Schluß mit der Komödie, Meister. Ich kenne das Geheimnis. Starke Sache. Die ganze Studiererei, Stunden über den Büchern und dann ... dann existiere ich noch nicht einmal.«

»Aber du bist ein Baol ... eine unsterbliche und faszinierende Idee ... du bist der Gedanke des Jenseits, Zauber, Abenteuer, Freiheit, Utopie und Rock 'n' Roll ...«

»Was für ein schöner Reiseprospekt ... habe ich auch die Freiheit, kein Baol mehr zu sein?«

»Nein, das nicht«, sagte der Meister und lochte auch das Queue ein, »nun gut, jetzt gehe ich, um mir einige Küken zu suchen, pardon, einige Jünger ... es sind harte Jahre, und man darf die Jugend nicht der Gewalt der Zeit und den Verkäufern der Gesamtheit überlassen ... ich gehe ins Red Cat ... es gibt einen neuen Tanz, sehr klebrig, der sich Remora nennt ... kommst du mit?«

»Nein, ich bleibe hier«, sagte ich, »ich bin es gewohnt, allein zu sein.«

»Du wirst nicht lange allein bleiben«, sagte der Meister, »niemand wird mehr allein sein.«

Und er lächelte meisterlich.

Jetzt, da der Meister gegangen ist, bereue ich, ihn gehen gelassen zu haben. Hier stehe ich nun, mit einem Glas Gordon Pym in der Hand und höre dem außerordentlichen Klavierspieler zu. Ich hoffe, daß er die ganze Nacht so weitermacht. Und jetzt füllt sich auch langsam das Lokal.

Die Volksstämme der Nachtporen und der Selenologen und die Darkonauten des geheimnisvollen Lächelns kommen. Die alten Postpernods, die Spuckmanischen. Kleine, etwas gelangweilte Wölfinnen, bleichgesichtige Jugendliche, heitere Transvestiten mit rosa Zwergpudeln, Schlagzeugspieler, Elderpoets. Die agilen Adidasse mit Stereofelsen auf den Schultern und der Stamm der Skatedynamos auf geflügelten Tischen, die Ranters und Kobalts in den stachligen Jacken mit Metallspitzen, und die süßen moosshirtigen Punks und die beinröhrbeschuhten Skinheads und sogar einige reuige Männätscheräleons und Helleborusdealer und ein alter Petunienpusher, der sich die Einnahmen die Kehle runterlaufen läßt, ein alter Exterrorist, der gebrauchtes Dynamit verkauft, süße, postkartenmäßige Verlobte, Fußballmannschaften nach dem Training, spiritistische Portiersfrauen, Ufospäher, Goldsucher, Hyperboreer, Außereuropäer, Merkurbewohner, Zauberer, Hexen, nächtliche Marathonläufer, Philosophen.

Es kommen keine Parteibönzchen und Miezen mit ihrem Haus- und Hofstaat. Nichts von einem Champagner-Werbespot. Vielleicht schießen sie heute nacht nicht einmal aufeinander. Was will man mehr?

Ich bin hier und höre dem Klavierspieler zu. Ich sitze am letzten Tisch hinten links. Wenn Ihnen der Zeitgeist nicht gefällt, wenn Sie gern die Baolphilosophie kennenlernen möchten, wenn Sie nicht einschlafen können, oder wenn Sie gerade schlafen, dann kommen Sie her.

Sie erkennen mich sofort: Ich habe eine Tätowierung in Form einer Schneeflocke auf der Hand. Ich bin so lange hier, wie der Klavierspieler spielen wird. Und solange ich hier bin, wird er spielen.